점 하나, 황금빛 바다 위를 지나가네

작가마을 시인선 69

# 점 하나, 황금빛 바다 위를 지나가네

© 2024 김선희

초판인쇄 | 2024년 8월 25일
초판발행 | 2024년 8월 31일

지 은 이 | 김선희
펴 낸 이 | 배재경
펴 낸 곳 | 도서출판 작가마을
등    록 | 제 2002-000012호
주    소 | 부산광역시 중구 대청로141번길 3, 501호(중앙동, 다온빌딩)
         서울시 도봉구 도당로 82(방학1동, 방학사진관 3층)
         T. 051)248-4145, 2598 F. 051)248-0723 E. seepoet@hanmail.net


ISBN 979-11-5606-265-3  03810  정가 10,000원

※ 본 도서는 2024년 부산광역시, 부산문화재단 '부산문화예술지원사업'으로 지원을 받았습니다.

작가마을 시인선 69

# 점 하나, 황금빛 바다 위를 지나가네

김선희 시집

 도서출판 작가마을

# 내 안의 우주꽃잎…

우주는 멀고, 아득하고, 모르니까 우리에게 늘 신비한 존재였다. 사람들은 나의 존재의 근원인 우주를 태어나서 한번도 생각하지 않고 살다가 세상을 떠나기도 한다.

우리는 주어진 현상現象에 충실하고 너와 나의 관계를 소중히 생각하면서, 어쩌면 존재의 요람搖籃 안에서 행복한 아기처럼 잠자고 일어나 먹고, 또 옹알거리다가, 때가 되면 잠자는 그런 생활을 되풀이하다가, 다시 친절한 소멸消滅의 품 안에 드는지도 모르겠다.

어린 시절부터 나에게 펼쳐진 세상은 있는 그대로 받아들일 수 있는 그런 세계는 아니었다. 너무나 많은 일들이 내게는 상처로 다가왔고 불만과, 고통과, 슬픔, 심지어 생명의 위기까지 경험하면서 청소년기를 위태위태하게 간신히 지나, 평생 지병을 끌고 다니면서 용케도 노년의 나이까지 접어들었다.

그 시간 속에 질병은 어디 갔나? 가족은 어디 갔나? 너는 무슨 힘으로 지금까지 살아왔나?

십 대에 들어서면서부터 나를 죽일 것 같던 질병과 불행은 어쩌면 내가 스스로 불러들인 일들은 아니었을까, 나는 긴 시간 참담한 그것들에 잠겨서 살았다. 그러나, 그러한 곳에서도 돌아보면 자잘하게 흔들리는 잔가지 같이 나부끼는 작은 기쁨과 만족들, 취향이 밝은 쪽으로 걸어 나가면서 책 읽고, 글 쓰고, 친교하고, 사색하고, 인생이 그렇게 삭막한 바람만 부는 곳도 아니라는 것을 배우게 되었다.

가난한 형제들에게 몸을 의탁해 살아가면서도 헤르만 헤세의『데미안』을 읽었고, 앙드레 지드의『지상의 양식』에 매료되었다. 환절기마다 수없이 되풀이되는 각혈의 고통 속에서 다시 살아나는 생명의 신비를 엿보고, 죽음에 대한 불안과 공포를 없애기 위해 명상을 배웠다. 그때부터 읽기 시작한 명상 서적, 라즈니쉬, 크리슈나무르티, 한 걸음, 한 걸음의 걷기 명상을 말씀하셨던 틱낫한 스님, 자연주의자 헨리 데이빗 소로우, 헬렌 니어링.

도시 외곽에 밭뙈기를 빌려 해바라기도 가꾸어보고, 뒤늦게 만난 가족들의 뒷바라지도 해가며, 좋은 벗을 만나 자연 속에서 토끼풀 가득한 언덕에 풀꽃도 따고, 며칠씩 개구리 우는 밤을 보내기도 하며….

명상은 언제나 초보 수준이지만 가부좌를 틀고 몸을 곧게 세울 땐 늘 우주를 향하는 자세로 합장하고 일배를 한다. 내게 있어 명상은 모든 것을 내려놓고 천천히 숨 쉬며 나의 내면을 가만히 들여다보는 것이다. 그것은 곧 고요해지는 것이었다. 수없는 불안과 생명의 절박함 속에서도 내 안의 흔들리지 않는 나를 향해 긍정肯定의 이름으로 고요해지는 것, 그것이 내 정신적 박약함을 치유하는 길임을 깨닫게 되었다.

나는 다시 천문학 책을 읽기 시작했다.

"많은 다른 학문과 달리 천문학에 참여하는 데는 많은 전문지식이 필요하지 않다. 두 눈, 어두운 하늘, 그리고 우주를 이해하고 싶다는, 혹은 우주의 아름다움을 느껴보고 싶다는 소망이면 충분하다. 우주는 충분히 크고, 연구 소재는 쉽게 바닥나지 않는다. 그리하여 모든 사람에게 새로운 것을 발견할 수있는 기회가 있다. 하늘은 모두를 향해 열려있다."

(『100개의 별, 우주를 말하다』, 플로리안 프라이슈테터)

이 글은 나를 많이 위로해 주었다. 나는 목마른 사람처럼 책을 구해 읽었다. 지금도 밤마다 한 시간씩 천문학 책을 읽는다. 그럴 때마다 내가 이 세계를 알게 된 것에 감사하고 또 이러한 내게 책을 사 볼 수 있게 약간의 혜택(기초연금)을 제공해주는 국가에도 깊은 감사함을 느낀다.

우리 집 창가에서는 고작 한두 개의 별을 바라볼 수 있지만 천문학 화보집을 펼치면 정말 별천지의 세계가 펼쳐진다. 나는 이 세계에 대해 더 많이 읽고 싶고, 배우고 싶다. 배움은 끝이 없고 인생은 충분히 매력적인 곳이다.

- 2024년 여름. 김 선 희

## 차례 __ 김선희 시집

## 제2부

작
가
마
을
시
인
선

## 제3부

## 제4부

작가마을
시인선
0 6 9

점 하나, 황금빛 바다 위를 지나가네 • 김선희

제
1
부

# 별빛은 달려온다

우리가 바라보는 별빛은 먼 과거의 모습이다
별빛은 수십, 수만 광년을 달려온다
먼 은하들은 몇억 광년을 달려온다
대폭발을 앞둔 큰 별일수록 밝게 빛나고
작은 별은 작은 빛으로 더 오래 산다
우리는 먼 과거에 사라져 버린 별도 보고
무수한 별들의 이야기도 만난다
태양은 가장 가까운 별로 8분 만에
우리에게 온다
마이너스 26.73 등급이라는 초 등급으로
세상 하나를 구석구석 밝히고 있다
우리는 별빛 아래 살고
별빛 아래 죽는다

# 지구에서 2만 7천 광년

지구에서 2만 7천 광년 떨어진 은하수의 중심부는
눈부신 점광원으로 가득 찬 빛의 향연이다
큰 빛은 눈이 시리게, 작은 빛은 영롱한 구슬로
빽빽이 들어찬 빛은 지상의 모래알보다 더 촘촘한
영혼의 보석상자다
구름 한 점 접근할 수 없는 600km 상공에서
허블 우주망원경이 촬영했다고 한다
먼 별빛이 바로 눈앞에 다가와
벅찬 빛의 눈물을 머금고 우리를 숨죽이게 한다
영원의 물레를 돌리며 2억 2천만 년에 한 번씩
태양은 은하핵을 돌고, 지구는 태양을 따라 돌고
칠레의 산 페드로 데 아타카마에 있는
알티플라노 고원에서 본 은하수는
밀키웨이라는 그리스 신화의 이름보다 더 광활한
하늘을 가로질러 가는 거대한 빛의 강물이다
1천 광년의 두께로 10만 광년의 지름을 가진
원반 모양의 구조 속에 배치되어
중력의 힘으로 연결된 수천억 개의 별들이
은하수 중심부 주위를 쉼 없이 돌아가고 있다
태양은 이 원반 속에서 지구와 함께 지칠 줄 모르는
둥근 춤을 추며 돌아가고 있고

태양 따라 돌고 있는 지구는 시속 79만 킬로미터로
은하수 우주 공간을 숨차게 뒤따라가고 있다

# 견우성과 직녀성

독수리자리 알타이르와 거문고자리 베가는
은하수를 가운데 두고 있는 견우성과 직녀성이다
칠월 칠석날 까치가 다리를 놓아
두 별이 무척 가까워진다는 옛이야기가 있지만
실제로는 그렇지 않다고 한다
두 별 사이는 16광년의 거리로
로켓으로 달린다 해도 30만 년이나 걸린다고 한다
은하수를 강으로 바라본 옛사람들이
밝게 빛나는 일등성별 두 개를 보고
그런 설화를 엮었다고 한다
견우와 직녀를 사이에 두고 또 하나의 아름다운
백조의 모습 꼬리에 있는 알파 별 데네브는
밝은 일등성으로 거문고자리 베가와
독수리자리 알타이르와 함께
여름밤의 대 삼각형을 이룬다는데,
주변으로는 용, 헤라클레스, 세페우스, 카시오페이아
안드로메다, 페가수스, 돌고래, 뱀꼬리, 방패, 전갈, 궁수
남쪽 별자리들이 휘황하게 둘러싸고 있다
5천 년 전 고대인들도 오늘날 우리처럼 밤하늘에서
알타이르와 베가 별을 바라보았다는 뜻이다

# 프록시마 켄타우리

프록시마 켄타우리는
태양에서 가장 가까운 별이다
어릴 적 내가 보았던 별일지 모른다 했는데
사실은 지구의 남반구에서만 보이고
어두운 적색왜성이라 맨눈으로는 볼 수 없다고 한다
거리는 4.22 광년이지만 빠른 우주선으로 간다해도
수만 년이나 걸린다고 한다
질량은 태양의 8분의 1 정도로
핵융합 반응을 통해 항성으로 빛날 수 있는
최저질량보다 1.5배 정도 클 뿐이라고 한다
항성의 수명은 질량이 작을수록 길어지기 때문에
프록시마 켄타우리의 수명은 4조 년에 달한다고,
이것은 138억 년의 우주 나이보다
300배나 긴 시간이라고-.
켄타우리 알파별 C, 프록시마는 너무 작고
형제별과 떨어져 있어 볼품 없지만
지구만한 크기의 행성도 가지고 있다고 한다
우표 크기의 초고속 미니 탐사선을 보내자는
야심 찬 프로젝트로 레이저 광선을 쏘아
빛의 5분의 1 속도까지 가속 시키면 단 20년 만에
4광년 켄타우루스 자리까지 도달할 것이라 한다

# 풀과 별

한겨울 추위 동안 그대로 남겨둔 밭을
이른 봄볕 따스한 날 가보니
광대나물 발그레한 작은 꽃들이 죄다 덮었고
하늘빛 봄까치꽃들도 한자리 얻어
예쁘게 햇빛 전을 펼치고 있었다
우리는 별의 먼지에서 태어났다는
우주 발견의 역사책을 보고 있는데
별의 진화 과정은 멈추지 않고 계속되는
현재진행형의 역사라는 것을 강조하며
오늘의 우주는 절대 우주 역사의
마지막 상태가 아니라고 한다
우주의 시계가 언제 멈출지는 아무도 모른다고,
우리는 어떤 자리에서 일어섰든
하나하나의 영혼으로 태어난
넘어뜨릴 수 없는 영적 존재이며
먼 영원을 가질 수 없는 명멸明滅의 존재이다
반짝이는 영혼을 서로 보듬는 존재이다
햇빛을 즐기면서 일을 한다
가스 구름 속에서 별이 태어나고
별의 마지막 폭발과 함께
가스 구름으로 되돌아 가

우주 생태계를 지속시킨다는데,
그 과정에서 우주 원소는 더 풍요롭고 다양해지고
우리의 몸을 이루고 있는 원소, 뼛속의 칼슘
혈액 속의 철, 이들은 모두 수십 억 년 전 지구와
태양이 존재하는 이 주변 어딘가에서 폭발한
초신성 속에서였다고—

# 겨울밤의 항해술

영하 7도의 몹시 추운 겨울밤
9층 건물을 흔드는 바람 소리 따라
적지 않은 사람을 태운 커다란 한 척의 배가
어딘가로 떠밀려 가고 있다
구석진 내밀한 곳에 앉아서도 느끼는
물살의 흔들림, 차가운 망망대해
우리 배는 어디를 항해하고 있을까,
편히 잠자고 있는 사람들 사이로
촛불 하나 일렁이고 있다
해의 길을 따라 무수한 날들을 흘러왔고
또 흘러갈 것을 알고 있지만
겨울밤의 여울목은
몹시 위태로운 감각으로 다가선다
호흡을 가다듬고 먼 별빛 따라 어둠을 헤집는다
누군가는 이 순간에도 탄생의 축복을 말할 것이고
누군가는 생명의 마지막을 향해
거친 숨을 몰아쉬겠지만
시작도 끝도 아닌 생의 한 가운데를 가로지르며
우리는 얼마나 많은 불꽃들을 지펴 올렸나,
겨울밤의 항해술은
그저 바람이 이끄는 데로 가고 있다

너도 가고 나도 가고
자성自省의 골짜기를 향해 가고 있다

# 우주망원경

2021년 12월 25일,
벌집 모양으로 만들어져 곱게 접힌
제임스 웹 우주망원경이 남미의 어느 하늘에서
위대한 임무를 갖고 지구를 떠났다
허블 우주 망원경보다 100배로 뛰어난
성능을 가진 제임스 웹 망원경은
136억 년 전 초기 우주를 살펴볼 것이라 한다
약 한 달을 날아가 태양과 지구의 중력을 벗어나
라그랑주 L 2, 지점 안정된 곳에서
햇빛의 방해도 받지 않고
먼 우주를 살펴볼 것이라 한다
지구에서 약 150만 km 떨어진 목표지점에서
반사경을 펼치고 초기 우주를 살펴보며
우주의 기원을 밝히고, 외계 행성의
다른 생명체도 찾아볼 것이다
빅뱅 후 1억 년 뒤 우주 최초의
새벽 별이 탄생했다는데,
인류가 발견한 가장 오래된
6,000광년 떨어진 별의 흔적을
지상의 전파망원경을 통해 알아냈다고 한다
수십 년에 걸쳐 연구하고 만들어진

제임스 웹 우주 망원경
문명의 첨단에서 바라보는 21세기 과학
인류의 새로운 눈이라 불리는,

# 국부은하군

지름이 10만 광년쯤 되는 우리 은하에는
2000억인가, 더 많은 별들이 펼쳐져 있는데
250만 광년 떨어진 안드로메다은하는
우리 은하를 향해 다가오고 있다고 한다
약 40여 개의 은하가 뭉쳐있는 국부은하군(Local Group)의
은하들은 서로 멀어지지 않고
40억 년 후에는 두 은하가 충돌할 것이라고 한다
두 은하의 내부에는 비어있는 공간이 많아서
유령처럼 서로를 향해 스며들고
실제로 충돌하는 별은 많지 않을 것이라 한다
두 강이 합쳐지는 양수리 물결처럼
서로의 가슴으로 스며드는 장관의 모습을
40억 년 뒤에도 지켜볼 수 있다면 얼마나 좋을까,
우주는 거품처럼 겹겹이 쌓인 모습과
비슷하다고 하는데
우리 은하는 하와이어로 "무한한 하늘"이라는 뜻을 가진
라니아케아Laniakea 초은하단에 속한
국부은하군에 있다고 한다

# 오르트 구름

혜성들의 고향이라는 오르트 구름
우리가 바라보는 하늘의 구름이 저 멀리
태양계 바깥쪽에도 있다는 사실이 신기했다
카이퍼 벨트, 오르트 구름
이 신기한 벨트와 구름이 별나라에 닿기 전
태양계를 감싸고 있다는데,
1977년 지구를 떠난 보이저 1호가 40년 동안 날아가
지구에서 약 200억 km 떨어진
우주 공간을 날고 있다는데
300년 후에는 오르트 구름을 만나고
이 구름 지역을 빠져나오는데도
약 30,000년이 걸린다고 한다
여기서 70,000년을 더 날아간 후
18광년 떨어진 기린자리 글리제 445 별을
1,6 광년 거리에서 지나고
10억 년 이상 아무런 방해 없이
우리 은하의 중심을 돌 것이라 한다
이 엄청나고 믿기지 않는 우주 이야기를
잠이 없는 한밤중 우주의 조그만 별에서
등불 켜고 책을 읽고 있자니
시간 개념이 엿가락처럼 한없이 늘어나
도무지 감이 잡히지 않는다

# 타이탄

그리스 신화에 나오는 거인족 이름인 타이탄은
멋진 고리를 가진 토성의 가장 큰 위성이다
착륙선이 메탄 대기를 뚫고 하강한 그곳에는
풍화된 고원 지역과 물결 모양의 언덕으로
뒤덮인 평원이 있었다
호수나 바다의 징후는 없었지만
땅거미 속에 감추어진 조약돌이 흩뿌려진 듯한
지형이 보였다고 한다
토성도 반짝이는 별 하나로 우리 눈에 보이는데
저 먼 행성의 위성들의 세계를 들여다보자니
내가 하늘 어디를 헤매고 있는지 모르겠다
우리가 꼭 읽어야 할 매혹적인 천문학 이야기, 라는
부제가 붙은 UNIVERSE 이야기,
보이지 않는 저 세계를 들여다보는 나의 세계는
늘 황당한 불면증과 관계를 같이한다
지구 위에서는 나라마다 대단한 위험에 처해 있어서
오늘도 수만 명의 코비드 확진자가 생겨나고
거리 두기, 마스크, 황량한 겨울날이 펼쳐진다
세 번째 백신 주사를 맞고 사흘이 지났다

# 북두칠성 아래서

조그만 쌍안경 하나를 사러 간 곳에서
J 씨를 알게 되고 그에게 북두칠성 사진 하나를 얻었다
안나푸르나 남쪽 봉우리에서 찍었다는 북두칠성
설산을 배경으로 아직 여섯 개의 별밖에 보이지 않는다
여느 사진보다 더욱 기뻤던 것은
북두칠성에 대한 오랜 우리네 신앙 때문이다
칠성은 옛적부터 비와 수명과
인간의 운명을 관장한다, 하여 어머니들이
장독대에 정화수를 떠 놓고 빌었던 별이다
오래전부터 반짝이는 북두칠성은 알고 있었다
그 사진 얻어와 침대 머리맡에 두고 잠을 잔다
나는 오랜 신앙의 별 아래 누워 잠자고 싶었다
그 옛날 칠성님께 열심히 명을 빌던
일곱 개의 밝은 별이 늘 머리 위로 비추라고,

# 向心의 별

난, 죽을 때까지 세계 곳곳을 다니며
개기 일식을 볼 거야,
난, 오로라를 보러 북극 스발바르 제도까지 갔어,
난, 호주로 날아가서 은하수를 실컷 볼 거야,
방한복을 준비하고 하늘 맑고 좋은 날
관측 장비를 싣고 후딱 별쟁이들 모인
지정 장소로 이동하지,
난, 직장에 다니며 돈도 벌고 아직 젊어,
어릴 적부터 은하철도 999를 보고
우주에 대한 꿈을 키웠던 거야,
천문학자보다 맑은 날 밤, 별 보러 다니는
별쟁이가 더 행복해,
딸아이 이름에도 별, 이란 글자를 넣어줬지
아직 젊고 할 일도 많고 오래 살면서
지구촌 끝까지 별 보러 다닐 거야,
추위도 많이 타서 하룻밤도 견딜 수 없는
병약한 할매는 지팡이 짚고도 따라갈 수 없어,
뒤늦게 사랑한 별, 하늘을 맨눈으로 바라보며
조금씩 별밤을 누빌 거야,
들판 가득 쏟아지는 윤동주 님의
'별 헤는 밤'이면 족해,

어디든 작고 여위고 못난 내 별은
거기 하늘 한쪽 구석에 빛나고 있어,
그리운 이름들의 별도 반짝이고 있지,
뜨거운 향심의 별도 반짝이고 있지,

# 은하들

남쪽 하늘 화로자리 초점에서 촬영된
울트라 딥 필드Ultra Deep Field
크기, 모양, 색상이 각기 다른
1만여 개의 은하가
아름다운 자태를 뽐내고 있다는데
작고 희미한 은하들은 지금까지 관측된
은하 중에 가장 먼 것이라고,
우주는 얼마나 넓고 아득히 먼 것일까,
우리는 빛으로 밤하늘의 모든 것을 감지하는데,
한없이 넓은 저 세계가 마음을 끌어당긴다
까만 하늘에 보석처럼 박혀 빛나는,
아무것도 없다고 생각했던 영역에
천체망원경의 첨단 관측 카메라와
근적외선 카메라로 찾아낸 빛나는 영상들
각각의 거리에서 빛나는 3차원 세계의 별빛은
인간의 상상력을 초월한 먼 과거의 모습이란다
137억 5000만 년 우주 나이에
130억 광년 넘어 지구에 도달한 저 은하들,
그 사진을 우리 은하 오리온 나선 팔
태양계 지구의 어느 구석에서
한 개미가 보고 있다

# K 천문대

천문대 둥근 홀에 어린 친구들과 빙 둘러앉아
동그란 천장 화면을 바라보며
가상 별자리 구경을 한다
불이 꺼지면 천장에서 봄 하늘 별들이 나타나고
해설사는 젤 먼저 찾기 쉬운 됫박 모양의
북두칠성 자리에서부터 다섯 걸음 가면
북극성이 있고 큰곰자리, 작은곰자리
기린자리, 사자자리, 케페우스
별들과 어울리지 않는 예쁜 그림이 나타나고
그리스 신화 만물의 창조주와 같은
이삭을 손에 든 여신의 모습도 나타난다
엄마 품의 네 살배기 아기와 같은
어린 마음으로 밤하늘 가상 별자리를 짚어나간다
오, 하늘의 별자리는 참 많고, 알아야 할
별들은 헤아릴 수 없이 흩어져 반짝거리네요
생애 첫발을 디딘 아이들과 늙은이가 함께 앉아
하늘의 글자를 받아 읽어나가요
구름이 끼어 천체관측은 어렵다네요
대신 영상으로 보이저호의 행성 탐험 길을
비행접시를 타듯 신나게 달려나갑니다
B 선생 차로 처음 K 천문대를 찾았네요

# 베텔게우스

곧 폭발할 것이라는 베텔게우스
별자리 미아迷兒인 나는 찾아보지도 못했다
다른 별보다 붉고 큰 640광년 너머 별이다
태양의 50만 배로 밝고 지름이
태양의 1000배나 된다고,
오리온자리의 알파 별로 적색 초거성이란다
베텔게우스 별빛이 우리 눈에 오는 데까지
640년이 걸리므로 지금 그 별이
초신성으로 폭발한다 해도 640년 뒤에야
휘황찬란한 별빛을 볼 수 있을 것이다
850만 년이나 나이를 먹은
늙은 거성이 폭발한다면 한 몇몇 밤을
밝은 빛을 목격할 것이라 한다
그 빛을 바라볼 수 있다면
잠시 사는 우린 행운이겠지
처음엔 초신성이 태어나는 별인 줄 알았는데
마지막 폭발로 사라지는 별 이름인 줄 몰랐다
그 별을 태양 자리에 갖다두면
목성까지 잡아먹을 수 있다고 한다

# 우주가 한없이 축소되어

상상을 초월하는 우리 은하 속 수천억 개의
별 중의 하나인 태양
그 태양계 내 행성 중 하나인 조그만 지구
그 지구 속 작은 나라 대한민국
끄트머리 바닷가 어느 도시
복작거리는 도시 한 귀퉁이 작은 아파트
꼭대기 위에 얹힌 좁은 방
벽을 기대고 무릎에 책을 얹은 나,
우주가 한없이 축소되어
내 안으로 들어왔다

# 보석상자

새로운 장을 펼칠 때마다
별과 빛의 세계는 다양하게 열리고 있지,
그저께는 태양의 뜨거운 구조 속을 보았고
어제는 보석 같은 궁수자리 별 밭을 헤쳐보았어,
하얗거나 파란 별은 뜨겁고
붉은 별들은 덜 뜨거워,
우리 태양은 그 중간 노란 별,
태양이 수십억 년 전에 태어나 아직도
수십억 년을 더 밝게 타오를 수 있음에 위로받고
분광학으로 찾아낸 별들의 생애도 우리처럼 다양한
빛의 스펙트럼을 이루며 저기 멀리서
길고 짧은 저만의 길을 가고 있기에,
지구로부터 2만 5천 광년 떨어져 있다는
궁수자리의 저 별빛이 지구까지 오는데
2만 5천 년이 걸린다고 한다
검은 벨벳 위의 보석 같은 저 별들도
우리의 눈보다 더 심도 있는 눈을 가진
우주 망원경이 촬영한 것이라 한다
그 별빛이 13광년의 폭을 넓히며 내게 왔다
목걸이보다 더 촘촘한 보석상자가 불을 켠다

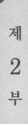

제 2 부

# 내 안의 물고기

내 안에 한 마리의 물고기가 산다
먼 옛날 물속에 살고 있던 한 마리 물고기가
긴 등뼈로 물속을 헤엄쳐 다니고
아가미와 뼈와 뼈대의 구조가 씹고 말하고 듣는
근육과 신경, 뼈로 진화하고
지느러미가 변해 팔과 다리가 되었으며
물속에서 땅 위로 나오기 위해 조금씩
자신을 변화시켰다고 한다
아기들이 태내에서 수억 년 진화의 과정을
되풀이하여 태어나듯이
나는 본래 한 마리 물고기였는지 모른다
저 푸른 물살 속으로 마음껏 헤엄쳐 다니고
삶의 기쁨을 온몸으로 느끼며 살고 있었다
내 안에서 나를 흔드는 생명의 몸짓,
한 마리 물고기가 날렵하게 물살을 가른다
내가 먼 근원을 쫓아
다시 물고기가 된다 해도
생명의 춤 속에 충만의 노래를
부를 것이다

# 어느 아침

희끄무레 달갑지 않은 빛으로 날은 새었어요
반쯤 읽던 시집에 종이를 끼워 두었어요
방문이 조금 열려있고 바깥 유리문이 비치고
치과, 안과, 재활의학과 건물의 간판들이
다닥다닥 붙어서 밤을 지새웠네요
새벽엔 '별과 은하' 책을 읽다가
큰 책의 활자가 작아서 시력 버리겠다고
블랙홀과 굽은 시공간 잘 모르겠다고
백색왜성, 중성자별, 초신성,
그게 별들의 어느 단계 이름인가요
0에서 출발한 책 읽기는 지루함에 빠져
낡은 마루바닥처럼 삐걱댑니다
나는 어디서 어디로 가고 있는지도 모르고
무엇의 근간根幹으로 살아가고 있는지도 모릅니다
그저 달력을 보면 하지가 가까운 유월이예요
나의 시는 뭇사람들에 밟혀 물렁거리고
처음부터 무지無知에서 출발했던 것을 알겠습니다
누가 내게 향기로운 말을 한마디 해 주었어요
그것이 뭉게구름처럼 자꾸 피어오르고 있네요

# 아득한 은하


2천 5백여 개의 은하가 제트 비행기처럼
제멋대로 뽐내며 가로, 세로, 평면으로 누워
색색으로 빛나고 있다
우주망원경으로 수많은 노출을 조합하여 얻었다는
이 사진은 조그만 하늘의 심부深部를 밝혀낸 것이다
표현할 수 없는 광막한 저 세계들,
40억 배 더 어두운 은하들을 150회 연속
궤도에 걸쳐서 촬영한 영상
반짝, 우리의 짧은 생애가 먼 영원을 바라보고 있다
무량한 은하가 저기 알 수 없는 곳에서 빛나고 있다
감히 들여다볼 수 없는 곳을 향하고 있다
여기저기 영원의 물레를 돌리고 있는 은하들
역사적인 이 사진을 '허블 북측 심천'이라고 했다
이 한 장의 사진으로 영원을 꿈꾼다
멀리 떠나간 이도, 못내 그리운 이도
저 먼빛의 심천深天에 있어라
우리 길을 잃고 어딘가 암흑 속에 헤매다가
저 밝은 수레와 바람개비 곁에서 조우遭遇하자

# 우주쇼

행성들이 정렬로 늘어서는
우주쇼가 일어난다는 새벽
한반도 위성사진으로 구름 상태를 확인하고
새벽 네 시 반, 스마트폰을 들고 창가로 나갔다
엷은 구름이 언뜻언뜻 지나는 사이로 실낱같은
스무여드레 달이 보이고 그 옆에 반짝이는 금성,
남쪽 하늘 가운데 밝고 큰 목성,
빛나는 두 별만 보아도 새벽은 환희로 가득찼다
구름 조각들이 잠시 자리를 비켜줄 때마다
스마트폰으로 연이어 사진을 찍었다
스무여드레 실낱같이 가늘어진 달
그 곁에 반짝이는 샛별,
저만큼 떨어진 곳에서 홀로 빛나는 목성,
두 행성의 모습이 눈에 가득하다
수성, 화성, 천왕성, 토성은 도시의 하늘에서
잘 보이지 않았다

# 새벽 네 시

이 좋은 때를 가려 한소끔 비가 내립니다
이 좋은 때를 가려 불 밝히고 책을 읽습니다
밤새 잘 자고 맑은 머릿속 어제의 페이지가
꿈틀꿈틀 표지를 들춥니다
이 좋은 때, 아직 사방은 잠들고
먼저 일어난 사람들 새벽 일 나갈 때
나의 수만 갈대밭을 헤쳐보아야 할 때입니다
어제의 일들이 조용히 한 쪽에 개켜지고
지구가 한참을 돌아 새벽 별까지 왔습니다
장마라는 긴 이름으로 구름에 덮였지만
구름 위에서 샛별은 반짝이고 있겠지요
어제의 눈썹달도 길동무처럼 함께 있겠지요
이 좋은 때, 우주의 꺼풀을 한 장 한 장 들추는
먼 빛의 책을 펼쳐야 겠습니다
내게 기쁨을 선사하고 내가 걸어 들어갈 수 있는
무한시공無限時空을 열어주는 어떤 세계의 문을
열어보겠습니다

# 풀밭

저 먼 곳에서 한 줄 바람이 불어오지 않나요
오늘은 별보다 더 많은 풀밭을 걸어요
발밑에 수많은 얼굴들이 웃어요
얼굴 위에 수많은 목숨들이 울어요
기다리다 지친 얼굴들이 바람을 맞고 있어요
바람은 어디서나 일어나고 어디서나 잠자지요
목숨이 강물처럼 흘러가고 휩쓸려가고
모두가 짓밟고 간 저문 저녁에도
따뜻한 위로가 풀밭을 덮어요
아득한 옛날부터 손을 잡고 있었어요
아무도 모르게 흘러가고 있었어요
여기서 저 끝까지, 우리들 세상이 펼쳐져 있어요
소중한 만남이 깨끗한 푸른 눈을 뜨고
넘치는 생명의 꽃대를 키우고 있어요
함께 걸어야 할 길이 아직 끝나지 않는 곳에서
나는 그의 이름을 불러요
긴 시간, 저문 저녁만 걸어온
그의 이름을 불러요

# 스마트 세계

비는 남쪽 바다에서 올라오고 있습니다
비구름이 밀어 올린 뜨거운 수증기 속에
머리맡의 선풍기를 낮게 켜놓고
30이란 온도의 작은 글자를 봅니다
무수한 여름밤이 더운 해먹 위에 얹혀
작은 선풍기 바람에 가벼운 잠을 구했습니다
핸드폰의 위성사진으로 비구름의 진로를 확인하고
바람은 어디에서 어디로 비구름을 밀어 올리는지
손안의 영리한 레이더 영상은 가르쳐 줍니다
우리는 이레 뒤의 날씨까지 예측하고
바뀌는 그들의 일거수일투족을 살핍니다
삶의 범위는 너무 넓어졌고 우리가 띄운
인공위성에 앉아 세계 곳곳을 들여다 봅니다
세계의 모든 기쁜 소식이나 어두운 소문들이
더 빨리 전송되는 첨단의 의자 위에 있습니다
공포의 질병도 삽시간에 세계의 대륙을 넘고
한 울타리의 지구촌 마을이 되어버렸습니다
지구 끝에서 누가 울고 있어도 알고 있습니다
지구 끝에서 누가 웃고 있어도 다 보입니다

# 헤비터블 존*

책을 읽다 밖을 보니 우주는 캄캄하다
태양계 안에서 찾아낸 어떤 위성에서는
표면 아래에 물이 있다고 말하고
어떤 곳에서는 물이 치솟았다고 하는데
천문학자들은 더 먼 외계 행성에서
헤비터블 지역이 있는지도 들여다보았다고 한다
하지만 그들이 찾은 행성은 항성과 너무 가까운
가스 행성으로 온도가 섭씨 200도 이상 되었다고 한다
아직은 더 작은 위성도 찾지 못하고
그곳에 생명이 있다고 말할 수도 없다
우리는 태양계 안성맞춤의 지역에
편히 숨 쉬고 있으면서도 욕망에 사로잡혀
서로를 죽이는 전쟁을 벌이고 있다
비뚠 생각들이 끝없이 지구를 더럽히고 있다
캄캄한 우주의 언덕 위에 서서
인공의 불빛들만 밤새워 빛나고 있다
책 한 권을 읽고도 나는 오리무중 속에 있다
혼자 있어도 외롭고 벗이 있어도 외롭다
캄캄한 어둠이 미명으로 바뀌고
빛은 동쪽 끝에서 열려오고 있다

*헤비터블 존(habitable zone) 항성을 가지는 행성 중에 생명체 가능 지역.

# 은하수

은하수는 처녀자리 초은하단 변두리에
관측 가능한 내 눈의 우주 중심에
1000억 개의 별들을 품고 있다는데요
어린 시절 어디선가 은하수를 본 것 같은데
그것은 상상 속의 은하수였을까요
지금도 멀지 않은 여름 산 어느 기슭에 가면
은하수가 보인다는데,
고대 중국 천문학자들은 은하수를
은빛 강Silver River이라 말했는데요
그리스 천문학자들은 헤라 여신의 젖Milky Way이
밤하늘에 뿌려진 것이라 해요
우리는 우주의 은하수 안에 살고 있지요
오리온 나선 팔 어느 귀퉁이 태양계 안에
조그만 지구의 보금자리 그 안에, 구석 어디쯤
살기 등등한 사람들 사이, 다수의 선량한 무리들이
흘러가는 시냇가 어디쯤
오두막 하나를 차지해 잠자고 일어나 밥 먹고
일하고 멀리 바라보며 살고 있어요
지구의 회전목마를 타고 은하수 안에서 나는
은하수를 그리워해요

# 북극성

작은곰자리 알파성인 북극성은
폴라리스라는 이름으로
지구에서 430광년 떨어져 있다는데요
자세히 관찰하면 이 별은 원래 삼중성으로
커다랗고 뜨거운 별은 태양보다
2000배나 밝게 빛나고
그 곁의 난쟁이별과 세 번째 별이
두 별을 돌고 있다는데
지구의 자전축을 연장하면 북쪽 하늘 끝에
북극성이 있어 뭇별들의 중심에서
모든 별이 그를 따라 도는 것 같은데
실제로는 별들이 도는 게 아니라 지구의 자전이
북극점을 중심으로 하룻밤 동안
모든 별이 도는 것처럼 보인다네요
북극성은 뱃사람들이 대양의 한 가운데서
길을 찾을 때 나침반 없이 북쪽을 찾는
길잡이 별, 붙박이별로 움직이지 않는다지만
오랜 세월이 지나면 지구의 자전축이
방향을 바꾸어 슬슬 자리를 비껴가고
또 다른 별이 북극성이 되어
지구의 북극점에서 빛날 것이라 하네요

# 여행자

태양계는 약 10만 년 전부터 국부 거품 속
국부 성간 구름 지역을 지나고 있다는데요
이 성간 구름 지역을 다시 떠나서
좀 더 깨끗한 국부 거품 지역으로 이동하려면
앞으로 수만 년이 더 걸릴 것이라는데요
태양계가 성간 구름 지역을 여행하든 말든
지구에 사는 우리는 아무것도 체감할 수 없다는군요
무한한 시공을 가로질러 은하 저 멀리 가고 있어도
별과 별들의 사이는 너무 넓어서
아무것도 없는 우주 공간 속으로 태양은
45억 년을 더 빛나는 빛의 화살을
조그만 지구에게 쏟아줄 것입니다
잠시 빛나는 우리도 태양을 따라 떠도는
먼 여행자들입니다

# 키위

내가 먹은 키위 한 개가 내 몸의 무게를 지닌다
나는 한 개의 키위만큼 무거워졌고
밤의 무게 위에 조그만 녹색 무게로 깊어졌다
하늘은 고요하고 낮은 구름이 깔렸다
사람들이 숨 쉬는 어둠이 멀리 가라앉고
한 번도 느껴보지 못한 시간 속으로 가고 있다
생의 한 가운데 강물의 깊이로 걸어 들어가며
떠내려가는 저 많은 무리들을 바라보고 있다
너와 나의 괴리乖離가 너를 한없이 떠나보내고
무한한 나의 영역領域으로 가고 있다
저기 길고 긴 것들이 자라는 것을 보고 있다
때로 생은 환희歡喜로도 물드는 것일까,
지금 너의 영혼이 피어나는 것을 보고 싶다
출발은 손안의 작은 열매 같은 것이었다
바다처럼 광막한 곳으로 떠밀려왔고
한 잎 잎사귀처럼 물결에 나부끼고 있다

# 허블 딥 필드

허블 우주망원경이 100시간 동안 아무것도 없는
큰곰자리 아주 작은 허공을 관측했다는데요
사실 우주에서 아무것도 없는 곳은
존재하지 않는다네요
100시간 동안 아무것도 없는 텅 빈 곳을
들여다보는 황당한 계획은 또한
창조적인 어떤 시도였다고 하는데요
가장 중요한 곳을 들여다보아야 하는
우주 망원경이 긴 시간을 허비하며
들여다본 좁은 하늘 한 귀퉁이
그곳에 3000개가 넘는 은하들이 빼꼭히
들어차 있었더라는데요
허블 딥 필드Hubble Deep Field라는 이름으로
유명해진 아득한 은하들의 세상,
제멋대로 누워 색색으로 빛나는
까마득한 과거의 모습을 보여주는
빛의 팔랑개비들을 넋 잃고 바라보았는데요
우주는 어떤 이름으로도 정의할 수 없는
창조적 시도를 끝없이 기다리고 있다는데요

# 프록시마 켄타우리 2,


프록시마 켄타우리는 태양과 가장 가깝지만
육안으로 보이지 않는 태양의 10분의 1쯤 되는
적색왜성으로 광학기기 없이는 볼 수 없는 별이다
1915년 처음으로 스코틀랜드 천문학자
로버트 이네스에 의해 발견되었다고 한다
알파 켄타우리는 밤하늘에서 네 번째로 밝은 별이다
켄타우루스 자리에서 단연 눈에 띄지만
두 개의 별로 이루어진 쌍성으로 4.3 광년의
태양에서 가장 가까운 별이라 알고 있었는데
근처에서 함께 운동하는 작은 별이 발견된 것이다
이 새로운 별과 지구 사이의 거리가 산출되고
4.2 광년으로 지구와 가장 가까운 별이 된 것이다
라틴어로 가장 가깝다는 뜻의 '프록시마'라고 명명된
이 작은 별이 공전하는 행성도 갖고 있었는데
행성은 지구 질량의 1.5배 되는 암석 행성으로
프록시마 켄타우리에 바짝 붙어서 돌고 있었다
태양과 가장 가깝고 행성을 가진 별,
하지만 프록시마까지 가는 거리만 해도
우주 탐사선으로 수만 년이 걸리는 거리
프록시마 켄타우리는 알파 켄타우리를
60만 년에 한 바퀴씩 돌고 있다는 사실도
밝혀냈다고 한다

# 샛별

샛별, 계명성, 태백성으로 불리기도 하는 이 천체는
사실 별이 아닌 태양계 두 번째 행성
태양과 달 다음으로 밝게 빛나는 금성이다
새벽에 이 별이 보이면 곧 아침 해가 떠오르고
저녁에는 해가 진 뒤 서쪽 하늘에서 비친다
독한 가스와 뜨거운 온도로 첫 입문부터 놀라버린
비너스란 아름다운 별칭으로 빛나는 이 별은
반년 동안은 새벽 별로 나타나고
나머지 반년은 저녁 하늘에서 빛난다, 고
사람들이 UFO가 아니냐고 착각하여 천문대로
흥분한 목소리로 문의가 들어오기도 한다는
쌍둥이처럼 지구와 비슷한 크기로
우리와 가장 가까운 행성이
발 딛지 못할 가스 구름에 휩싸여 있다는 건
정말 아쉽고 또 아쉬운 일이다
길잃은 사람들에게 방향을 알려주는 샛별
두툼한 구름층이 햇빛을 반사하여 더욱 빛나는
빛을 가져오는 자, 새벽을 가져오는 자
우리 이웃,

# 아웃캐스트 Outcast<sup>*</sup>

아웃캐스트는 젊고 뜨거운 별이다
우리 은하의 중심에서 쌍성인 파트너별과
함께 돌며 블랙홀 근처까지 갔다가
파트너만 거대한 블랙홀에 먹혀 버렸다
아웃캐스트는 해머처럼 멀리 내동댕이쳐져
초고속으로 우리 은하를 가로질러 갔다
이미 은하 바깥쪽 영역까지 다다른 아웃캐스트는
멀리 은하 사이 텅 빈 공간에 들어설 전망이다
은하의 중력을 극복하고 초고속 별이 된 아웃캐스트
엄청난 속도로 우리 은하를 떠나고 있는 별,
초대 질량 블랙홀에 먹힐 뻔하다가
초속 709킬로미터의 속도로
우리 은하를 떠나 멀리 홀로 가는
3억 5천만 년밖에 안 된 젊은 별 아웃캐스트

＊100개의 별, 우주를 말하다 에서.

# 큰 별 하나,


겨울이 오면 큰 별 하나 가슴에 품고 살지
밤에는 영하의 추위로 창문 한번 열지 못하지만
날이 새면 하늘만큼 둥글고 따뜻한 큰 별
태양계 천체 들 중 99%를 차지하는
8개의 행성과 위성, 수천 개에 이르는 소행성들,
모두 조무래기로 만든 태양계의 진실
골목골목의 어둠조차도 낱낱이 밝혀버리는
빛나는 둥근 얼굴 하나를 따라서 맴을 돌지
지구 지름의 109배로, 33만 배의 질량으로
불타고 있는 큰 별 하나를 맞이하려고
날마다 두근거리는 가슴으로 옥상에 올라
그 아래서 콧노래 부르며 맴을 돌지
그가 창문을 비추면 신문을 보고
음악 듣고, 밥을 먹고 한나절 장난치며 놀지
겨울이 오면 올망졸망 화초들과 함께
큰 별 하나를 기다리며 살지
45억 년 전부터 불타고 있었고
45억 년 더 타오를 것이라는
삶의 무한한 에너지의 원천
큰 별 하나 가슴에 받으며 살고 있지

## 즐거운 새벽

새벽 다섯 시가 다 된 즈음
남쪽 하늘에 큰 별이 하나 떠 있다
별자리 판에서 찾아보니 남쪽의 큰 별은
카노푸스라는 별과 시리우스라는 별이다
어제저녁 동남쪽 하늘에 떠 있던
목성은 서쪽 하늘에 가 있다
별 보고 즐거운 새벽,
나는 한 시간쯤 불가해한 우주의 실체,
인류의 열망에 대해 쓴
"100개의 별, 우주를 말하다"
책을 읽을 것이다
동서고금 숱한 이야기들을 담은 별 이야기는
내게 지금 고소한 양식糧食과도 같이
자꾸 읽고 싶은 얘기다
까만 바탕에 금색 지구가 그려진,
그 속에 온갖 고대인의 모습
혹은 동물들이 담긴 표지의 책이
밤새 머리맡에서 잠든 나를 기다리고
있었던 듯 눈에 들어온다

제

3

부

# 논쟁하는 두 사람

불을 켜고 잘 모르는 책의 끝부분 물리학의 세계를
또박또박 읽던 나는 새벽 3시 반, 불을 끄고
다시 아무것도 보이지 않는 밤의 세계로 들어간다
내가 빛 아래서 무엇을 읽었는지는 잘 모르겠지만
책 페이지 사진에 나타난 논쟁하는 두 사람의
표정만은 선명하게 남았다
둘 다 편안한 의자에 앉아 상체를 뒤로 젖히고
한 사람은 열심히 논쟁하는 표정이었지만
한 사람은 멀거니 팔을 어깨 뒤쪽에 괴고
듣고 있는 표정이었다
나는 순간의 그들이 만들어 낸 묘한 분위기를
잽싸게 낚아챘다
그리고 그 영상만 야릇하게 길게 남아 있다
팔을 뒤쪽에 괸 사람은 유명한 아인슈타인이었고
또 한 사람은 덴마크의 물리학자
닐스 보어라는 사람이다

# 우리는,


지구가 우주의 중심이 아니라 태양 주위를 도는

행성이라는 것을 알게 된 지는 아직

500년도 되지 않았다는데,

지구가 태양계의 중심이 아니라면 우리 인간도

세상의 중심이라고 볼 이유도 없다네요

태양 안에는 지구가 100만 개쯤 들어갈 수 있고

태양의 반지름은 지구에서 달까지의 거리보다 긴데

그렇게 커다란 태양조차 우주에선 특별한 존재가 아니고

밤하늘에 모든 별이 실은 하나하나의 태양인데

우리 은하에는 태양과 같은 별이

1천억 개 이상 있다네요

하지만 우리 은하가 우주의 전부가 아니고

우리 은하밖에 또 다른 은하가

1천억 개는 더 있다는데요

우린 어마어마한 우주 속에 살고 있습니다

1천억 개가 넘는 은하 속에 평범한 우리 은하

그 속에 1천억 개가 넘는 별 중 하나인 태양

태양계를 돌고 있는 작은 행성에 붙어서

태양을 따라가고 있는 우리는 얼마나 작고

보잘것없는 존재입니까,

138억 년 전 빅뱅이라는 이름으로 우주는 생겨나

끝없이 팽창하고 있다는데
태양 따라 돌고 있는 지구라는 행성 위에 서서
조그맣게 밤하늘 별을 바라보고 있는 우리는,
대 우주의 톱니바퀴 끝에 매달려 찰나의 삶을 사는
우리는 어디서 온 누구입니까,

# 어느 겨울밤

바깥에는 여가수가 목청 다해 노래 부르고 있다
방문을 닫았지만 소리는 문틈으로 새어 들어오고
초저녁잠에서 깬 방안은 검은 우주가 내려앉았다
한 치 앞도 보이지 않는 두꺼운 커튼까지 드리워
우주의 절벽은 어디가 끄트머리인지 막막하다
침대 위에 누워서 사건의 지평선까지 빨려들어간다
새로운 스타들이 반짝거리며 신년 소망을 피력하는
몇 페이지의 기사를 읽은 이마 위로 잠은 달아나고
공간의 한계까지 촉수를 뻗어 나가도
희망은 아무것도 보이지 않는다
불을 켜면 자질구레한 일상의 도구들이
게으름뱅이처럼 널브러져 있겠지
문밖에선 영하의 바람에 별이 흘러갈까,
이 겨울은 창문도 열지 않는데 그 틈을 비집고
하루 한 번씩 우리들의 양식처럼 태양이 지나간다
여가수의 노래가 끝나고 고요는 스며올 태지만
한 뭉치 어둠을 실은 우주는 밤새 가고 있다

# NASA가 기록한 밤하늘

그대가 기록한 밤하늘은 장엄하다
그대가 기록한 밤하늘은 너무 광대하고
그대가 기록한 밤하늘은 아득하다
저 속에서 어느 별을 가늠하여 길을 찾아갈지
한 발자국도 내밀지 못하고 얼어붙었다
사람의 눈이 하나하나 하늘에 붙박여
저리 널리 퍼져나갔을까,
밤하늘 아래 인간의 별이 떨고 있다
좀생이처럼 쪼그라져 오므라들고 있다
하늘의 진실이 놀랍고 무섭다
NASA가 기록한 밤하늘
화보집을 무릎에 펼쳐놓고...

# 안드로메다은하

빛나는 솜뭉치처럼 보이는 성운이
250만 광년 너머에 있는 안드로메다은하였다고,
1조 개의 별로 구성되어있는 안드로메다은하는
어두운 밤에 구름처럼 저 멀리 보인다고,
사진으로 보는 광대무변 나선은하
오늘 밤 내 꿈은 안드로메다은하까지 날아간다
누군가가 수없이 찍어 완성한 안드로메다 사진,
그리스 신화의 공주 이름인 안드로메다은하는
나선 팔을 따라 붉은 수소가스 성운이 보이고
그 영역에서 새로운 별이 탄생한다고 한다
희미한 구름으로 보이는 은하 주변의 별들은
밤하늘에 찍어놓은 수천억 개의 작은 점이다
완벽한 모습으로 우리 은하를 상상할 수 있는
우리 은하보다 크다는 안드로메다은하는 저 멀리
타원형 빛 뭉치로 비스듬하게 펼쳐져 있다
언젠가 우리 은하와 합쳐진다는, 그래서 빠른 속도로
우리 은하를 향해 다가와 충돌이 일어나면
크고 둥글게 하나로 바뀔 것이라는 두 은하,
은하 속의 별 하나, 별 주변의 작은 행성들,
행성 속의 보이지 않는 티끌 하나로
바람에 불려도 좋을 너와 나,

# 어느 천문학자에게

나는 그를 쫓아간다, 해발 천 미터가 넘는 산꼭대기다 그는 그곳으로 올라 어떤 큼직한 건물 둥근 돔을 열고 밤하늘을 들여다 본다 그는 열심히 별과 별들의 이웃 사촌 별 밭을 헤치고, 그 동네의 비밀과 숨은 법칙과, 줄줄이 엮여 내려온 전통과, 전 생애에 걸친 풍성한 잔치와, 빛의 눈물과 화려한 폭발과, 기우는 목숨의 숨결과 찬란한 조락凋落까지 다 들여다 본다

나는 그가 부럽다, 산꼭대기 바람 부는 바위 벼랑에 삼각대 하나 걸쳐놓고 영하의 밤바람에 떨며 나그네별들의 발자취를 더듬는 한밤의 그가 부럽다 그는 가장 높은 곳에서 아무도 들여다보지 않는 신성神聖의 길들을 기록하고 있다 그는 산 아래 불빛을 싫어했고 완벽한 어둠을 사랑했다 나날이 어둠 속에 걸어가는 꽃들의 발뒤꿈치를 영상으로 베꼈다 그는 수 세기를 거기서 먹고 자고 살며 스스로 빛을 열어가는 무한한 하늘을 가졌다

나는 그를 흠모했다, 그가 누구이든, 마음이 한 방향으로 향하는 이를 만나면 감격의, 환희의, 악수를 청한다 내가 걸어보지 못한 길을 가는 그의 등 뒤에 한아름 꽃을 뿌려주고 싶다 뒤늦은 회한의 눈물도 보여주고 싶다 저만치 뚜벅뚜벅 걸어가는 그의 발자국이 가슴으로 쿵쿵 울려온다

## 어싱Earthing

　요즘 나는 어싱에 몰입해 있습니다. 한문으로는 접지接地, 라고 하며 땅과 내 몸을 맞대고 밀착시킨다는 말입니다. 예전에도 맨발로 산길이나 풀밭을 걸으면 건강에 좋다고 말했는데 그것에 관한 책을 읽고부터는 나도 그렇게 해서 불면증도 해결하고 무릎 통증도 좀 줄여보겠다는 맘이 간절합니다.

　미국인 저자는 벌써 땅과 연결된 접지 패드를 만들어 사람들에게 실험해보고 그 효과를 체계적으로 연구해 책을 만들었는데, 그렇게 할 수 없는 우리는 자연에 나가 맨발로 땅을 밟아보는 것밖에 없습니다. 벌써 바닷가에도 나가 모래밭도 걸어보았으며, 밭에 나가면 일부러 양말을 벗고 밭둑의 풀밭을 걸어봅니다. 가장 감촉이 좋은 곳은 풀밭이었습니다. 그 감미로움을 어떻게 표현할 길이 없습니다. 그곳에 발을 묻어놓고 돗자리 위에 앉아 있으면 그저 평온하고 행복하다는 느낌이 듭니다.

　나무에 몸을 기대고 풀밭을 걷고, 자연과 내 몸을 밀착시키는 일은 예전에도 내가 무척 좋아하던 일이었습니다. 그것은 내가 은연중에 지구라는 큰 흐름에 기대고 싶어 했던 근원의 의지依支였을까요. 새삼 태양과 지구 사이에 인간이 존재하는 이유에 대해 캐내야 할 어떤 법칙이 있지 않을까 생각합니다. 아무튼 나는 요즘 위대한 땅의 힘에 신비와 감

동을 느끼며 살고 있습니다. 땅은 우리에게 살아가는 동안 모든 혜택을 제공하고 그 큰 힘의 원천은 태양에서 온다고 생각합니다. 태양 빛을 듬뿍 받고 밭에서 보내고 온 날 저녁에는 내 몸에 쟁여진 빛의 여운으로 오랜만에 단잠에 빠지니까요. 어쩌면 앞마당에 잔디를 심어놓고 나날이 맨발로 풀밭을 거닐 수 있도록 하고 싶다는 소망까지 생겼습니다. 풀밭에 앉아 밤에는 하늘의 별들을 셀 수 있다면 동화 속 나라에 다시 들어갈 수 있지 않을까요

# 행성 이야기

잘 자고 일어나 나는 우주로 갑니다. 맨 처음 크고 경이로운 태양이 있고요. 수성, 금성, 지구, 화성, 목성, 토성이 있고요. 저 멀리 천왕성, 해왕성도 있어요.

대부분 금속으로 이루어진 수성MERCURY은 크레이터들로 가득 차 있고 낮에는 450도, 밤에는 영하 180도의 극단적 환경이네요. 태양에 바싹 붙어 있어 찾아보기 어렵다네요.

금성VENUS은 아름다운 이름을 가졌지만 지옥 행성으로 불립니다. 460도의 밤낮없는 뜨거운 열기와 황산 구름, 황산비가 끊임없이 내리는, 숨 막히는 대기로 탐사선마저 잘 허락하지 않는 이웃 행성입니다. 멀리서 보면 짙은 대기로 태양 빛을 가장 잘 반사해 우리는 샛별이라는 예쁜 이름을 붙여주었지요.

지구EARTH는 정말 아름답습니다. 숨 쉴 수 있는 공기가 있고 온갖 동식물들이 자라고, 태양과의 거리 가장 안성맞춤의 지역을 돌고 있는 우리의 고향입니다. 고향을 떠나서 발 붙이고 살 수 있는 곳을 아직 어디에도 찾지 못했어요. 우주에서 보면 더욱 매력적인 지구, 바람 불고, 햇빛 비치고, 비가 오는, 푸른 바다와 흰 구름에 둘러쌓인 푸른 구슬Blue Mavble, 우리들은 짧게 짧게 다녀가지만 그는 영원히 빛날 것입니다.

춥고 건조한 기후, 산화철이 가득해 불그레하게 보인다는 화성MARS, 인류가 눈독 들이는, 그래서 탐사 로봇이 굴러 가고 희박한 대기도 있고 가혹하지 않은 기후로 미래의 화성 이주를 꿈꾸고 있는 사람들, 아직도 황량한 모래언덕과 암석, 불그레한 대지밖에 보이지 않는 저곳을 우리는 기대해도 좋을지 모르겠네요.

밤마다 창문을 열고 별을 찾으면 가장 먼저 눈에 들어오는 커다란 별 하나, 목성JUPITER, 나는 저 별을 사랑한다고 말했지요. 멀리 있는 간절한 내 맘을 위로해주듯 빛나는 목성, 태양계 행성 중에 으뜸으로 크고 대적반 하나가 지구보다도 크다는, 멋있는 무늬로 가득 찬 행성, 수소와 헬륨으로 구성된 표면으로 우리가 발딛을 수 없는 가스행성이라고 합니다. 요동치는 구름 대기와 거대한 폭풍이 일고 있는 목성은 위성도 수십 개나 된다고 합니다. 어떤 식물은 목성의 빛을 먹고 자란다는 어느 성자의 글을 읽은 적 있는데 그때는 이상했지만, 무엇보다 밝은 목성을 보면 지금은 이해가 갑니다.

근사한 챙모자를 쓴 저 여인은 누구입니까, 얼음 암석과 탄소 먼지로 이루어져 있다는 거대한 고리는 토성SATURN을 가장 아름다운 행성으로 만들었습니다. 북극의 회오리바람과 육각형의 무늬, 크고 작은 위성들이 고리 주변을 돌며 어떤 위성에는 간헐천이 솟아오르고 두터운 대기가 있어

어쩌면 희망적인 타이탄, 그들은 넓고 얇게 퍼져있는 고리 사이로 숨바꼭질하며 돌아갑니다.

윌리엄 허셜은 여동생과 함께 망원경을 만들고 별들의 길을 쫓아 천왕성URANUS을 발견했습니다. 푸른색 이미지로 가득한 천왕성은 자전축이 98도나 기울어져 있다네요. 또한 거대한 가스행성으로 잘 보이지 않지만 고리도 있고 위성도 발견했다 합니다 하지만 태양과 멀리 떨어져 있어 태양을 한바퀴 도는데 84년이 걸린다네요. 보이저 2호는 차가운 이 행성을 지나가며 수천 장의 사진을 찍어 지구로 보냈다고 합니다.

가장 멀리 있는 해왕성NEPTUNE, 그리운 벗이 이 세상을 떠나 해왕성의 길을 따라 갔다고 믿는, 태양계 여덟 번째 행성, 대기의 상층에는 거대한 고속의 폭풍으로 가득하다는 해왕성은 맨눈으로는 볼 수 없는 우주 저 멀리 벗이 돌아간 저쪽 세상과 더 가까운 행성으로 보입니다. 소흑점과 대흑점의 바람개비 폭풍이 일어나는 푸른 행성은 무려 165년에 한 번씩 태양을 돈다네요. 암석과 금속으로 이루어진 트리톤이라는 위성도 갖고 있는데요. 보이저 호가 해왕성과 멀어지면서 촬영한 해왕성의 모습이 초승달 모양으로 예쁘게 빛납니다.

# 태양 2,


태양 흑점의 바큇살 무늬가 해바라기 꽃잎처럼 예쁩니다
태양 표면에서 뻗어 나오는 홍염이
수십억 km까지 치솟아 오릅니다
눈부신 채층의 붉은 겹꽃잎은 만 리까지 향기를 날립니다
저 화려한 코로나의 폭발 장면을 보십시오
어떤 무늬로도 그려낼 수 없는 예술작품을 낳습니다
눈이 부셔서 내 눈 멀어지게 하는 태양 플레어는
거대한 양의 가스 입자를 방출하는 자기 폭풍입니다
태양계의 가장 커다란 폭발 현상으로 "태양 지진"을 일으
키며
격렬하게 방출되는 태양 지진은 지구 지진의
4천 배가 넘는 양의 에너지를 방출합니다
태양 표면의 뜨거운 지역은 흰색이며
차가운 곳은 어두운 빨간색입니다
태양은 태양계의 99.86%로 45억 년을 불타올라
아직도 중천에 있습니다
밭둑가에 핀 해바라기꽃 한 송이가
태양의 비밀을 새겨넣습니다

# 종일 폭우가 쏟아진다

바깥으로 통하는 문이 시끄러워 문을 닫았다
웃고 있는 별들이 너무 많았다
떠들고 있는 별들이 너무 많았다
오늘 종일 폭우가 쏟아진다고 예보했었다
폭우를 견디어 줄 책 블록이 여러 겹 쌓였고
나는 블록 담벼락을 뚫고 들어가 폭우를 헤치고
거대한 밤하늘을 기록한 사람들의 마을을
찾아가 볼 참이다
바깥으로 향한 문을 닫으면 하늘 아래 혼자가 된다
내가 너를 보고 있으면 너는 수많은 별이 된다
너는 유니콘의 장미가 되기도 하고
오리온의 검이 되어 빛난다
나는 타오르는 눈으로 너의 빛을 먹는다
하늘에서 슈퍼문을 만난다, 검붉은 빛이 무섭다
하늘을 오르지 않고도 나는 하늘을 날았다
비가 많이 온다고, 집중호우로 하천 길이 통제되고
계곡의 급류로 위험하다고,
지상의 일들에는 관심이 없다
ISS(국제우주정거장)가 날아다니고, 허리케인이
저 아랫마을에서 일어나고 있는 모습을
까마득한 은하수 별빛 옆에서 내려다 본다

350km 상공에서 24시간 지구 궤도를 16번 돌아
지상을 내려다보는 ISS,

# Planet Nine

플래닛 나인,
상상으로 또 하나의 행성을 그립니다
태양계의 해왕성 저 너머 아득히
왜소행성들로 가득 찬 카이프벨트 천체들 사이
지구의 열 배가 넘는 질량을 자랑하며
태양과 해왕성의 거리보다 20배 더 멀리서
2만 년 정도의 공전 주기로 태양을 돌고 있는
신비에 쌓인 제9행성을 아십니까,
아직 아무도 가보지 못했다는 그곳
아직 아무것도 정의하지 못한 거대한 행성
태양 빛 너무 멀어 찬 얼음 결정체로 빛나는
신비로운 미지의 행성 X의 존재는
천문학자들에 신령한 영감을 주고 있습니다
그들은 열심히 망원경을 들여다보고
결정적인 역사 하나를 만들기 위해 노력하지만
정복되지 않는 먼 플래닛 나인,
뜨겁게 들끓는 내부의 열정 가슴 깊이 품고
아무도 가보지 못한 하늘 저쪽 멀리 거기서
아무도 모르게 빛나고 있습니다

# 초승달과 금성

초승달과 금성이 나란히 붙어 있다
저 별은 목성인가? 하고 의심해 보았지만
스마트폰 별자리 판을 찾아보니
아니야, 나는 금성이야, 하고 말한다
목성만 젤 크게 보이는 줄 알았더니
어떤 땐 금성이 더 크게 보이는데, 하고
뒤 베란다 창문에 서서 내가 말했다
두 개의 행성을 찾아 가상의 선을 연결해보면
그 선을 따라 태양이 지나가는 길을
황도黃道라고 한단다
그 선을 따라 별자리 판을 돌려보니
수성, 목성, 토성, 화성이 차례로 나타난다
초승달과 금성이 너무 밝아
스마트폰 카메라로 두 번 찍고
저 신기한 모습들을 누가 또 보고 있는지,
오월 초나흘 날 저녁

# 화성 영상

  야릇한 음악 소리와 함께 황량한 사막밖에 보이지 않는
화성의 모습을 본다 몇 대의 로봇이 굴러다니고 돌과 암석
과 흙과 먼지와 거친 지형들이 끝없이 펼쳐진, 최근 화성에
내려앉은 로봇이 찍었다는 사진을 지구 어느 황량한 벌판
을 보듯이 들여다본다
  그러나 5천만 km 더 멀리 있는 또 다른 행성, 그곳에도
해가 뜨고, 지고 지구가 멀리 별처럼 보이는 곳, 분홍빛 하
늘과 붉은 땅을 가진, 인류의 미래를 꿈꾸어 보는 행성, 그
곳은 너무 고요하고 아무도 없다 아무도 없는 그곳에 이웃
행성 사람들이 무언가를 보내 염탐하고 있다
  때로는 먼지 폭풍이 일어나 시야가 안보이고, 널브러진
수많은 흙먼지와 돌들은 여기저기 박힌 채 말이 없다
  말이 없는 그곳에 인류의 미래가 있을까, 사람들은 저 땅
의 주인이 될 수 있을까, 벌써 인류가 보낸 로봇들이 굴러
다니고 있는 곳,
  춥고, 메마르고, 낯선 땅,

# 뒷산

내가 몇 년째 올라가 보지 못했던 뒷산에는
해마다 노랑, 하얀 꽃들이 피고 졌을 텐데
그때 보았던 노란 미나리아재비, 하얀 산딸기꽃,
사람들의 시선 속에 피고 졌을 텐데
해마다 바라보던 꽃들 앞으로는 아마
그 풀밭 길 지나갈 것 같지도 않는데
그들이 하늘에서 눈 뜨고 영겁의 초침을 이끌어
황색왜성, 백색왜성, 초신성으로 폭발한다 해도
다리는 점점 퇴화해 마주할 것 같지도 않은
이 계절 꽃들은 잘도 피어 흩날리고 있을까,
상상해보는 내 기억의 함초롬한 풀꽃들
그들과 손잡은 시절들이 우주 저 너머에 있었을까,
내가 이 골짜기를 왜 몰랐지?
어느 이국의 숲길에 온 것처럼 노랑제비꽃에 놀라
즐거워하던 태엽 속의 까마득한 시간
편백나무 씨앗을 줍던, 그 숲 아직도 건재할까,
사람들은 지금도 그 길을 걸어 오를 테지만
시간 속에 하나, 둘 바뀌어 가는 얼굴들을
산은 고요히 받아들이고 있을까,
도시의 건축물 뒤로 자꾸 가려지는 산

# 블루마블*

조그맣고 예쁜 한 송이 푸른 꽃이
까만 허공에 줄기 없이 떠 있다
70억 사람들이 그 위에서 노래하고
잠자고, 밥 먹고, 걸어가고, 아우성쳐도
눈부신 흰 구름에 둘러싸인 푸른 꽃은
끝없이 고요하다
무수한 생명의 꽃들이 거기서 길을 찾고
거기서 절정의 흐드러짐을 맛보고
거기서 고개 숙이고 사그라져 갔다
그러나 아무것도 드러내지 않는 한 송이 꽃
도대체 저 빛나는 얼굴을
어떻게 우리가 바라볼 수 있었을까,
어떤 영특한 아이가 문밖으로 뛰쳐나가
신비의 구슬 하나를 남몰래 훔쳤을까,
우리 모두의 가슴속에 하나씩 안겨준
푸른 구슬
빛나는 구슬 하나로 우리는,


*블루마블(Blue Mavble) : 우주에서 바라본 지구.

# 지구본

도대체 뉴스에 나오는 저 나라들은 어디 있을까,
오목조목 사이좋은 유럽,
대륙을 냉큼 다 차지한 나라들과
비좁게 오글오글 붙어 있는 나라들이 궁금해
벼르고 벼르다 그가 큰맘 먹고 몇만 원짜리
둥그런 지구본 하나를 사 왔다
잘 돌아가는 지구본, 23.5도로 기울어져
무더운 여름과 겨울을 가져다주고 있다는데,
지구본은 파란 바다와 색색의 경계선을 그은
크고 작은 나라들로 빈틈없이 들어차 있다
요즘 유튜브로 보는 산악지대 그 사람들은
우리와 얼마나 다른 위도에 살고 있을까,
줄 하나로 절벽 길을 아슬아슬하게 건너는 사람들
움막 같은 집에서 원시인처럼 살고 있다
저리 많은 골짜기와 바위들과 널브러진 돌멩이들
사연 많은 우리의 이야기로 가득한
둥그런 지구본 하나를 그가 사 들고 왔는데
옛날 내가 몰랐던 지구에 관해, 그 다사다난한
속사정을 새카만 우리가 어떻게 다 알 수 있을까,
두고 들여다보고 사색해 볼 수 있는 지구본 하나가
별 볼 일 없는 지구인 하나를 또 들여다보고 있다

# 우주 잠꼬대

나는 열심히 노트한다 별의 세계에 심취한 사람들의 별을 기리는 망원경과 우주 공간으로 보내진 DNA의 이중 나선 구조와, 중력의 힘과 대 성단의 메시지가 세티seti 프로젝트*를 통해 하늘의 까마귀들을 동시에 조준하며, 이상한 주파수로 우주의 신호음을 듣는, 밤에만 불 켜진 컴퓨터들의 말똥말똥한 눈,

우주 공간은 실망스럽게도 침묵하고 있는데 어디엔가 존재하고 있을 어떤 문명과 지적 생명체를 찾고 있는 항성 너머 돌고 있는 행성들, 그것은 너무 뜨겁거나 차갑고 지구처럼 우리가 살 수 없고 이상한 가스로 가득 차 있고 돌과 바람과 물빛은 없더라

우연과 필연 중 하나를 선택하라고 하는데, 메타 우주의 수많은 거품은 다중 우주론에 의지하고, 하지만 그 어느 것도 두 가지 요소를 적절하게 결합하지 못했으며 의식을 가진 생명은 탄생 되지도 않았다

4천 미터 꼭대기에서, 2천 미터도 적응하지 않고 단숨에 올라 와버린 고도의 맑은 밤, 엄청난 별빛에 눌려 그의 혀가 감각을 상실했다 다크 에너지와 어둠의 메타우주* ─ 읽어라, 너의 대상을 섬세하고 꼼꼼하게, 우주 시계의 정확성에 대해서,

*세티(seti) 프로젝트 : 외계 생명체 탐사.
*메타우주 : 초월, 가상 우주.

제

4

부

# 빛의 팔랑개비

1만여 개의 은하 사진을 본다
캄캄한 어둠 속에 여기저기서 빛나는
빛의 팔랑개비를 본다
색색으로 빛나는 팔랑개비
제멋대로 누워 있거나 굴러가는 팔랑개비
아득한 심연 속에서 초롱불 켜고
날아오르는 팔랑개비
가장 먼 곳에서 눈부시게 떠오르는
팔랑개비들의 세상을 넋 잃고 바라본다
여기 어디에도 우리는 없다
심연 속의 우주만 빛날 뿐이다

# 가을

옥상을 돌고 있는데 해가 금방 넘어갔다 새벽 창가에 나가니 하늘이 너무 맑아 스무엿새 하현달이 동쪽 하늘에 떠 있고 그 곁에 작은 별 두 개, 조금 건너 눈부시게 반짝이는 별 하나가 눈에 들어왔다 다시 보니 별들이 열 몇 개쯤 떠 있다

청명한 가을 하늘로 돌아왔다 눈부시게 빛나는 별은 금성이다 달 옆에 별들은 카스트로, 플록스다 빛나는 별들에 환희가 일어났다 나의 새벽과 빛나는 의식들, 너무 친근하여 반해버린 별빛이 초가을 하늘을 수놓고 있다

그대 여름은 가혹했으니 폭우로, 폭염으로 가두고, 지구촌은 산불로, 홍수로 숨 막히는 두어 달이었다 지구적 재앙, 이 여름 세상 떠난 모든 영혼에게 고개 숙인다

가을은 저 들녘에 웃자라버린 늙은 풀들에게 조용히 흔들리며 시드는 휴식을 가져다 준다 넘어가는 눈부신 햇빛에 핸드폰 카메라를 조준했는데, 그새 해는 산 너머 사라지고 붉은 구름 들만 길게 남아있다

# 별빛을 바라보며

　모든 존재는 별에서 태어났다고 했다 어떤 천문학자는 땅을 보지 말고 고개를 들어 하늘을 보라고 했다 유전자 정보를 담은 DNA의 이중 나선 사슬과 수천억 개에 달하는 뇌의 신경세포가 만들어지기 위해 수소와 헬륨보다 더 복합적인 요소가…. 우주가 만들어 낸 거대한 별이 폭발한 초신성 이후, 우리는 어떤 요소들을 끌어모아 완벽한 하나의 시스템을 만들어 냈을까, 그 시스템 속에 고유한 꽃술처럼 탄생한 하나하나의 영혼들, 나와 무한 시공의 별이 연결되는 무한 사색의 광장은 밤마다 빛과 어둠이 만들어 내는 기막힌 조화 속에 모든 존재를 하나로 만들어버린다

　너와 나의 존재의 근원은 하나라는 어떤 말씀 속에 왜 그들은 또 무기를 만들어 서로 싸우고 있는 것일까, 46억 년 전에 태어난 태양의 신비 안에 짧디짧은 시간밖에 갖지 못한 자의 넘치는 욕망 때문일까,

　우리는 하루에 한 번씩 신비의 시간 앞에 선다 먼 영원을 사색해 볼 수 있는 어둠의 시간이다 낮은 영혼의 꽃들이 자라고 서로를 비춰보며 황홀해지지만 밤은 행성과 별과 은하가 흘러가는 시간이다 그들의 근원을 캘 수 있는 은혜의 시간이다 무한히 작은 너의 눈빛이 먼 우주를 향해 거대한 직물을 짠다 너는 수천만 광년의 그 빛들과 연결되어 있고 고독한 하나의 존재가 아니다 우리는 별에서 태어나 별빛을 바라보며 별을 향해 걸어간다

# 숨은 바다

새벽 5시, 동쪽 하늘에 금성이 밝게 빛난다
서쪽 창가로 나가니 목성이 밝다
남쪽 하늘에 두 번째로 밝은 별이 있는데
별자리 판에서 살펴보니 시리우스나 카노푸스다
청명한 가을 하늘이다
태양은 아직 떠오르지 않았다
그러나 별자리 판에서는 동쪽 하늘 밑에서
태양이 떠오르고 그 곁에 화성도 보인다
태양은 노란색이며 화성은 붉은 색이다
목성의 유로파와 토성의 엔켈라두스엔
얼음 표면 밑에 물이 있다고 하던데
엔켈라두스의 치솟는 물기둥은
탐사선의 사진으로 뚜렷하게 보인다
목성의 위성 이오는 화산활동이 활발하다고 한다
얼음 덮인 행성 위성들의 물 부피는 지구보다
17배 이상이라고 추정하고 있다
우주 저쪽에 바다가 있다고?
밤하늘 저 별빛 너머에 출렁이는 바다가 있다고?
얼음으로 뒤덮인 그곳 깊숙이 숨은 바다가 있다고?
서늘한 새벽 창가에서 아득한 그곳을 상상한다

## 유니콘의 장미

눈물과 피의 역사, 그 상처를 치유할 수 있는
무한 속력의 힘, 높은 품성을 지닌 한 마리 말
지지 않는 마법의 진실 유니콘 자리에
장미성운이 피어난다
겹겹이 풀려나오는 붉고 흰 장미 꽃잎들이
푸른 그늘에 숨어 뜨거운 숨을 내쉰다
전설 속의 외뿔 동물 말의 몸에 이마에는
뿔이 하나 경이롭게 치솟아 있고
어떤 것에도 거칠 것 없는 힘을 가졌으나
순결한 처녀의 발밑에 엎드려 순종할 줄 아는
이 세상에 없는 상서로운 상상의 동물
먼 유니콘 자리에 피어나는 신화와 전설처럼
마법의 흰 뿔, 외뿔소자리에
장미성운이 피어난다

# 다리를 건너서서

다리를 건너가자 거기 고요한 세계는 펼쳐져 있었다 다리는 찻길을 두어 개 건너고, 물길도 건너고, 하얗고 튼튼하게 구름 위에 세워져 있었다 약간의 곡선으로 이어진 다리는 구름다리였다 구름다리 위로 사람들이 허공을 걸어가고 있었다 얼마 전 세워진 다리라고 했다 산책하러 건너고, 구경한다고 건너고, 우리도 건너고, 다리 건너에는 작은 강이 있고, 거기 물닭들이 헤엄치고, 잔디도 있고, 벤치도 있고, 너른 공터가 공원이 되어 있고, 우리는 서녘 햇빛을 향해 조금 걷다가, 벤치에 앉아서 작은 배처럼 물살을 가로지르는 조그만 물닭들의 행렬을 바라볼 것이다 가방에서 무언가를 꺼내 하나씩 나눠 먹고 지는 해를 바라보며 잠시의 여유와 행복에 젖어볼 것이다

세상은 자꾸 새롭게 변해가서 우리가 자동차 위로도, 강물 위로도 걸어갈 수 있고 믿을만한 기둥이 고층아파트 말고도 여기저기 서서 땅 위의 사람들에게 허공 길을 제공하기도 한다 조금은 무섭다는 느낌으로 다리를 건너간다 그러나 튼튼한 새 다리는 그런 기우는 하지 말라고 한다 그래서 다리를 건너 저쪽 마을 구경도 하고, 물닭도 만나고, 우리들의 여유 있는 시간도 획득한다 도시와 전원 세계를 잇는 다리, 한사코 도시가 꿈꾸는 평화로운 어떤 세계를 건너봐야 한다 허공과 허공을 잇는 다리를 건너서서,

# 금성은 구름 세상

금성은 구름 세상
황산 구름으로 뒤덮인 구름 세상은 너무 두터워
어떤 탐사선도 용납하지 못하고 부러뜨리지
태양에서 1억 7백만, 지구보다 가까운 거리에서
밤마다 뜨겁고 강하게 빛나며 우리를 유혹하지
치명적인 온실효과로 460도까지 들끓으며
아름다운 비너스의 모습으로 당당하게 빛나지
빛나는 모습에 반해 밤마다 창을 열고
그녀가 어디서 반짝이는지 하늘길을 더듬지
금성이 태양 면을 통과하는 사진을 보았네
예쁘고 동그란 점 하나가 황금빛 바다 위를 지나가네
샛별, 태백성, 개밥바라기 별로도 부르고 있지
행성은 황도대를 따라 방랑자처럼 떠도는데
화성은 붉게, 목성은 하얗게, 토성은 노랗게,
행성은 별들의 배경을 가로지르며
열심히 태양 빛을 해바라기하며 돌지,

# 아주 오래전

아주 오래전 시장 갔다 돌아오는 길에
자동차가 한 대 옆을 지나가고 있었는데
자동차가 지나간 뒤 길바닥에서 작은 새가 한 마리
푸드덕거리며 고통스러워하고 있었다
다음 자동차가 또 그 자리를 지나간 뒤
어떤 흔적만 자리에 남아있을 뿐,
이내 잠잠 조용해졌다
맞은편 가게 앞에서 포켓에 손을 넣은 어떤 남자가
처음부터 끝까지 그 광경을 지켜보고 있었다
가게가 있던 동네는 재개발이 되고
지켜보던 남자도 사라져 버린 그곳에
높은 건물들이 들어서고
새의 기억도 가물가물한 그 길을 떠나 우리도
다른 곳에서 낯선 삶을 살아가는 듯하지만
어떤 극적인 필름들은 동굴 같은 암실 어느 곳에
고스란히 감겨서 작은 몸을 따라다니고 있다
오랜 옛날 거기에선 정말 굵직굵직한 영상들이
감기고, 걸리고, 얽히고, 구겨져
오랏줄처럼 나를 감고 다닌다
나는 그곳에서 멀리 떠나온 것 같지만
마을버스를 타고 때때로 큰 건물의 그늘 밑을 지나서
좀 더 멀어진 시장으로 간다

# 오르트 구름 2,


아무도 오르트 구름을 보지 못했지만
오르트 구름의 상상도를 들여다보면
태양계는 오르트 구름 안에 쌓여 있는 게 보입니다
혜성들은 거기서 날아오는 게 분명하다고
얀 오르트는 혜성의 궤도를 연구하다가
그렇게 결론지었다네요
구름 속에는 1조 개 정도의 혜성이 있고
혜성은 태양 주위를 한번 돌아나가는데
1백만 년 정도 걸린다네요
태양에서 별나라로 가는 중간 구역에
수많은 얼음 천체들이 무리를 지어
거대한 구형을 이루고 있을 거라고,
어찌하면 천문도天文圖는 상상의 그림이라
할 수 있겠습니다
태양계를 감싸고 있는 멋진 구름
우리가 별나라 여행을 떠날 때
마지막으로 통과하는 관문,
오르트 구름을 헤쳐 나가면
저기 첫 번째 반짝이는 별이 보입니다

# 태양 3,

태양이
일억 오천만 킬로미터 밖에 걸려 있다고 해도
옥상 작은 의자에 앉아 있는 나에게
태양은 모두 내 것이다
아무것도 없는 옥상으로 햇빛은 무한정 쏟아지고
무릎이 따끈하도록 혼자 즐기고 있다
사방 가득한 빌딩과 창문들이 저들의 것이라고
은근슬쩍 말하고 있지만 나는
키득키득 웃으며 당당히 내 것이라고 말한다
착각은 정말 자유지만
구름 한 점 없는 푸른 하늘 위로
지금 내겐 태양 밖에 없다
혼자서 조그맣게 노래 부르며 걷다가
태양을 향해 마주 앉으면
일억 오천만 킬로미터 너머 불타는 가스 공
그 낱낱의 비밀을
소곤소곤 이야기 들려줄 것 같다
아침마다 세수하고 밝게 떠오른 태양
46억 년이나 50억 년 사이 중간쯤
우리 잠시 태양의 시간 위를 밟고
하프 켜듯 즐겁게 지나간다

# 엔켈라두스


수천 km 넘게 물을 뿜어 올리는 엔켈라두스
가슴 속 깊은 곳에 끓어오르는 대양大洋이 있을까,
토성의 고리 주변을 돌며 희고 매끈한 모습으로
우주를 향해 살아 꿈틀거리는
힘찬 맥동脈動을 흩뿌린다
더 멀리 보이지 않는 캄캄한 하늘 저쪽
끊임없이 뿜어 올리는 생명의 바다를 품고 있는
멀고 신비한 얼음 분수에는
90%의 물속에 바글거리는 미생물도 살아있을까,
행성의 중력으로 오는 위성의 기조력起潮力이
내부의 온도를 끌어올리고
여기, 또 하나의 멋진 세계가 펼쳐진다
하얗고 매끈한 엔켈라두스의 얼음 분수

# 목성의 대적점

시속 60km가 넘는 바람의 소용돌이로
완벽한 폭풍우의 힘을 보여주는 커다란 눈이 있다
금방 사라질 것이라 예측했지만
거대한 이 고기압은 반시계 방향으로 회전하며
얼마나 오랫동안 존재해 왔는지 아무도 모른다고 한다
흡사 계란프라이 같이 지구보다 몇 배 더 큰 모습으로
목성의 남반구를 이색적으로 차지하고 있다
주변 지역보다 높은 고도와 낮은 온도로
빛깔도 크기도 바뀌가며 소용돌이치는 폭풍우
누가 어디서 그 에너지를 제공해줄까,
우주버스를 타고 태양계 여행을 할 때
놓쳐서는 절대로 안된다고 너스레를 떠는
대적점 횡단비행은 1만 킬로미터 고도 아래로 내려가서
경이로운 광경을 즐길 수 있는 특가상품이다

# 은하 저 멀리

그가 이끄는 가상의 길을 따라
은하 저 멀리 하늘 끝까지 날아가 보았다
우주는 은하들로 가득하고, 뭉치고 밀집된 은하들은
매우 강한 중력의 힘으로 모든 은하를 끌어당긴다
우리가 알 수 없는 최대의 끝자락까지
1,000억 개 이상의 은하들을 만난다
태양은 우리 은하계 2,000억 개 이상의 별 중에
하나를 차지하고 국부은하군에 소속해 있지만
더 큰 은하단의 세계로 나아가면
라니아케아 초은하단을 만난다
우주에서 고립된 은하는 존재하지 않는다, 했다
궁수자리 방향에 있는 우리 은하를 우리는 보지 못한다
가지 끝에 매달려 나무 전체를 볼 수 없듯이
초속 220킬로미터로 움직이는 태양계 안에서 감히
2억 2,500만 년이 걸리는 우주 년의 나이를 가늠해 본다
질량의 90퍼센트는 암흑물질이라는 우리 은하
은하수 사진을 볼 때마다 컴컴한 무늬가 참 무서웠다
끝없이 펼쳐진 은하들의 세계, 광막한 별들의 나라에서
은하가 은하를 이끄는 우주의 끝자락에서
외로운 존재의 별 하나로 서성이는 우리는,

# 외계행성

지구에도 생명체가 살 수 없는 때가 온다는데요
백 년도 다 못 채울 우리가 55억 년 뒤를 걱정합니다
천문학자들도 열심히 별들을 조준하며 양자리 방향으로
게자리 방향으로 생명체 거주 가능 지역을 찾아 헤매며
슈퍼지구 하나를 발견하려 애씁니다
항성 주변에 행성들은 많지만 탄소행성, 용암행성,
이질적인 가스행성, 좀체 맞아떨어지지 않는 지구형행성,
55억 년 뒤에도 우리가 가장 가까운 별까지
몇만 년을 날아갈 수 있기나 한 걸까요,
1광년조차도 아득히 먼 거리인데 170광년이나
250광년은 너무 이상한 얘기는 아닌가요,
은하를 돌고 있는 태양계 우주선 안에서 백일몽을 꿈꾸는,
지구로부터 페가수스자리 방향으로 150광년
우리 태양과 유사한 항성이 하나 있다네요,
지구 질량의 200배인 항성과
650만 킬로미터 떨어진 곳에서 돌고 있는 행성
하지만 생명체가 살기엔 너무 가까운 행성,
우주여행 무작정 따라가다*보면 태양계를 지나 은하계로
외계행성들의 목록은 자꾸 늘어나 4,500개에 이르고
우주망원경은 열심히 하늘 끝 어디를 추적합니다
지구에서 물병자리 방향으로 40광년 떨어져 있는

트라피스트-1 행성계가 태양계와 가장 비슷하게 보인다
고요,
　적색왜성을 중심으로 일곱 개의 행성이 공전한다는데요
　글쎄요, 그 어느 곳에 물이 있고, 바람이 불고, 따뜻하고
　살기 좋은 지상낙원이 있을까요

*　"우주여행 무작정 따라하기", 에밀리아노 리치 지음.

# 우주 음악

밤바람은 춥고 나는 한 개의 별을 찾았다
반가워요, 하고 속삭여 보지만 그의 이름을 모른다
그는 금성도 목성도 아닌 먼 별일 것이다

# 우주 음악

세상 저 끝에서 보면 깜박이는 푸른 점* 하나
누가 저만큼 멀리 가서 그 작은 점을 바라보았나,
우리는 저 속에 살고 있고 푸른 점 하나는
우주의 미아처럼 보일 듯 말 듯 반짝거리고 있다
70억인가, 80억인가 미래를 모르는 이들
모두 안아주고 싶네, 우주만큼 넓은 가슴이 되어
사랑하고, 싸우고, 태어나고, 사라져가고
우리 모두 미워지는 사람 있으면 저기 멀리 가서
보일 듯 말 듯 가여운 점 하나를 찾아라,
소중히 낳아서 내 안의 우주를 키우는
저 작은 점 위의 어떤 존재들을 위해
발돋움해 푸른 하늘을 쳐다보지 않으련,
그들은 영원하지만 우리는 순간이다
어떤 발자국을 땅 위에 남기고 싶은가,
시간의 수레바퀴는 너무 빨리 돌아간다
사랑으로 건너고 싶은 깜박이는 푸른 점 하나,
저 멀리 하늘길을 외롭게 걸어가는
우리들의 아득한 푸른 점 하나,


*칼 세이건의 '창백한 푸른 점'에서 –

# 우주 음악

별들은 고귀한 침묵 속에 들어갔다
문을 닫고 바람이 새어 나가지 않게 앉아서
적막한 그림자 하나 만들고 있다
별들은 거기 있지만 보이지 않고
침묵의 별을 밟고 내면의 자유를 향해 길 떠났다
모든 것은 영구永久한 삶을 위한 거짓 영상들
모든 것을 부정하며 침묵의 별 밭을 향한다
바람이 넘쳐 들어오지 않게 문을 닫고
내 안의 바람이 잠자는 곳으로 떠날 것이다
향기로운 색채들이 일어서는 풀밭에
맨발로 뛰어다니고 싶다
별들은 아득한 기별로 빛나고 있다
고귀한 침묵이 바위 하나를 만든다
바위들로 이어진 침묵의 산을 만난다
그 속에 우리 빛나는 해후를 이루자
날이 추워서 제 몸속으로
걸어 들어가는 벌레 한 마리
거기, 별이 빛나는 자리

# 우주 음악

보이지 않는 하늘길을 야금야금 우리가 간다
별이 가는 게 아니라 해가 가는 게 아니라
가만히 착각 속에 바라보며 우리가 간다
명암의 희비 속에 우리가 바라보는 것들
책을 읽고 글자들의 진실을 파헤쳐보면
회전목마처럼 우리가 가는 풍경들이
바뀌고, 밀리고, 뒤처져 달아나는 것이다
어디서 어디까지가 우리가 사는 경계인가,
알 수 없는 하늘길에서 우리만 모르고 사는
돌고 도는 시간의 톱니바퀴들
내가 문득, 가보지 못한 한 모롱이를 지나
무한 허공 암흑 에너지 속을 지나고 있다
기뻐하며, 슬퍼하며, 즐거워하는 사람들
지구만큼 한 우주선 안에 바글거리고 있다
어디를 가는지도 어디에서 온 지도 모르고
가보지 못한 우주 저쪽으로 가고 있다

# 우주 음악

날마다 우주 한 조각* 건져 올린다
그가 펼쳐놓은 세계는 신비롭다
더 멀리 조그맣게 작은 시야로
큰 그림 한 조각 이해하려 한다
한 땀 한 땀 지도를 펼쳐나가면
그림 속에 내가 작은 먼지 알갱이가 되고
의식의 하늘을 자꾸 펼쳐나가면
내 안에 우주 꽃잎 하나
시냇물 따라 흘러 내려간다

* 지웅배 천문학자의 책 제목.

우주와 나, 더할 나위 없이
큰 것에 달라붙은
인간의 사소함에 대하여

정 훈(문학평론가)

# 우주와 나, 더할 나위 없이 큰 것에 달라붙은
## 인간의 사소함에 대하여
### - 김선희의 시 세계


정 훈(문학평론가)


 밤하늘을 바라보며 감탄하지 않는 사람은 아마 없을 것
이다. 학창 시절에 배웠던 우주나 천체, 그리고 별이나 은
하 이름을 외며 지구라는 행성에서 태어나 얼마간 숨 쉬다
가 죽을 수밖에는 없는 우리 인간이 얼마나 보잘 것 없는
존재라는 사실을 알았을 때의 느낌을 굳이 말해서 무엇하
랴. 진리를 캐기 위해 인간이 지구상에 모습을 드러내기 시
작한 때부터 지금까지 수많은 성현이 나왔지만, 어느 누구
하나 속 시원하게 이 세계의 진실을 밝힌 자는 없었다. 앞
으로도 그럴 것이다. 그러기에 우리는 얼마나 겸손해야 하
는지, 그리고 설령 깨달았다고 하더라도 그 깨달음의 정도
를 언어로 표현하기가 얼마나 어려운지를 절로 알게 된다.
상상조차 할 수 없을 정도로 광활한 이 우주에서 인간의 삶
이란 얼마나 왜소한가. 하지만 또 왜소하고 티끌보다도 작
은 존재일 뿐인 인간의 삶에서 펼쳐지는 파노라마 같은 풍

경이 사실 얼마나 복잡하고 신비한 영역을 품고 있는지 조금만 생각하면 알게도 된다.

그래서 인간은 시를 쓰면서 이 신비한 존재의 시공간이 가득 품고 있는 세계를 노래해 왔던 것인지도 모른다. 아무리 생각해도 이 세계는 신비임에 틀림이 없다. 그리고 신비여야 마땅하다. 눈에 훤히 보이듯이 이 우주와 세계를 바라볼 수 있고 설명할 수 있다면 얼마나 우리 삶이 단순할 것인가. 눈에 뻔히 보이는 존재와 삶이라면, 여기엔 필경 삶의 의미를 처음부터 부여받지 못한 무의미하고 보잘것없는 사태에 지나지 않게 된다. 신이란 게 있다면, 인간에게 무진장한 발견과 탐구를 떠안기 위해 우리 인간에게 그런 어려운 숙제를 내어 주었음이 틀림이 없다. 밤하늘에 강물처럼 떠다니는 무수한 별들은 인간이 평생을 헤아려도 헬수 없는 신비요, 수수께끼다. 시인은 그런 우주를 상상하면서 어떤 생각을 할까. 김선희 시집 『점 하나, 황금빛 바다 위를 지나가네』에서 일단을 엿볼 수 있다.

지구에서 2만 7천 광년 떨어진 은하수의 중심부는
눈부신 점광원으로 가득 찬 빛의 향연이다
큰 빛은 눈이 시리게, 작은 빛은 영롱한 구슬로
빽빽이 들어찬 빛은 지상의 모래알보다 더 촘촘한
영혼의 보석상자다
구름 한 점 접근할 수 없는 600km 상공에서
허블 우주망원경이 촬영했다고 한다
먼 별빛이 바로 눈앞에 다가와

벅찬 빛의 눈물을 머금고 우리를 숨죽이게 한다
영원의 물레를 돌리며 2억 2천만 년에 한 번씩
태양은 은하핵을 돌고, 지구는 태양을 따라 돌고
칠레의 산 페드로 데 아타카마에 있는
알티플라노 고원에서 본 은하수는
밀키웨이라는 그리스 신화의 이름보다 더 광활한
하늘을 가로질러 가는 거대한 빛의 강물이다
1천 광년의 두께로 10만 광년의 지름을 가진
원반 모양의 구조 속에 배치되어
중력의 힘으로 연결된 수천억 개의 별들이
은하수 중심부 주위를 쉼 없이 돌아가고 있다
태양은 이 원반 속에서 지구와 함께 지칠 줄 모르는
둥근 춤을 추며 돌아가고 있고
태양 따라 돌고 있는 지구는 시속 79만 킬로미터로
은하수 우주 공간을 숨차게 뒤따라가고 있다

- 「지구에서 2만 7천 광년」

더 이상의 설명이 필요 없는 우주의 거대한 파노라마는
위 시 「지구에서 2만 7천 광년」만 보아도 짐작할 수 있다.
시인의 상상은 최근의 천체과학이 이룩한 우주에 관한 단
편적인 사실만으로도 증명이 된다. "먼 별빛이 바로 눈앞
에 다가와/ 벅찬 빛의 눈물을 머금고 우리를 숨죽이게 한
다"는 진술로써 우주의 넓이과 깊이를 대신한다. 숨 멎을
듯 광활한 우주에 관한 과학적인 사실을 조금만 상기하더
라도, 우리는 상상조차못할 엄청난 우주적 공간과 시간의

역사 앞에서 절로 고개를 숙이게 된다. 지구와 태양, 그리고 우리 은하와 숱한 은하가 이루어 내는 은하수는 마치 꿈처럼 끝간 데 없이 펼쳐져 있다. 이런 사실만으로도 우리는 이미 상상을 초월한 이 세계가 과연 어디에서부터 시작되었고, 어디로 향하는지 궁금증을 자아낸다. '광년'이라는, 빛의 속도를 기준으로 산출하는 우주 시간의 단위조차 머리에 와닿지 않는 아득한 거리를 우리는 짐작으로만 생각할 뿐이다. 하지만 아무리 '어림짐작'의 영역으로밖에 접근할 수 없는 우주라고 해도 현대과학이 밝혀낸 우주 공간의 측정 결과는 어쨌든 감탄사를 연발하지 않을 수 없게 한다. 시인은 그러한 우주를 보며 숨 멎는 감정의 벅참을 숨기지 않는다.

한겨울 추위 동안 그대로 남겨둔 밭을
이른 봄볕 따스한 날 가보니
광대나물 발그레한 작은 꽃들이 죄다 덮었고
하늘빛 봄까치꽃들도 한자리 얻어
예쁘게 햇빛 전을 펼치고 있었다
우리는 별의 먼지에서 태어났다는
우주 발견의 역사책을 보고 있는데
별의 진화 과정은 멈추지 않고 계속되는
현재진행형의 역사라는 것을 강조하며
오늘의 우주는 절대 우주 역사의
마지막 상태가 아니라고 한다
우주의 시계가 언제 멈출지는 아무도 모른다고,

우리는 어떤 자리에서 일어섰든

하나하나의 영혼으로 태어난

넘어뜨릴 수 없는 영적 존재이며

먼 영원을 가질 수 없는 명멸明滅의 존재이다

반짝이는 영혼을 서로 보듬는 존재이다

햇빛을 즐기면서 일을 한다

가스 구름 속에서 별이 태어나고

별의 마지막 폭발과 함께

가스 구름으로 되돌아 가

우주 생태계를 지속시킨다는데,

그 과정에서 우주 원소는 더 풍요롭고 다양해지고

우리의 몸을 이루고 있는 원소, 뼛속의 칼슘

혈액 속의 철, 이들은 모두 수십 억 년 전 지구와

태양이 존재하는 이 주변 어딘가에서 폭발한

초신성 속에서였다고

—「풀과 별」

"우리는 어떤 자리에서 일어섰든/ 하나하나의 영혼으로 태어난/ 넘어뜨릴 수 없는 영적 존재이며/ 먼 영원을 가질 수 없는 명멸明滅의 존재이다"라는 깨달음은 독서 경험이 가져다준 시인의 믿음이자, 우리 인간이 비록 작은 존재지만 우주와 영원히 연결되어 있다는 자각이다. 이로써 미루어 볼 수 있는 사실은 지천에 널린 풀이며 나무, 그리고 사소하게 보이는 모든 존재가 우주라는 영원의 시공간이 선사한 영혼의 자식들이란 점이다. 이런 자각에 이르면 마냥

겸손해지는 자신을 발견하게 된다. 인간이 잘나면 얼마나 잘났겠는가. 지금까지 인류문명이 이룩한 모든 물질적 · 정신적 성과조차도 우주의 티끌만치도 못할 '발전'에 지나지 않다는 사실을 인식한다면 우주 생태계 혹은 우주공동체의 구성원으로서 인간이 평화를 향해 서로 사랑하고 아껴야 한다는 점을 단박에 알 수 있다. 시인은 우리 모두가 "반짝이는 영혼을 서로 보듬는 존재"라는 사실을 직시한다. 나를 이루는 모든 원소가 우주를 구성하는 별의 원소와 일치한다는 점을 알면 나뿐만 아니라 우리 모두가 각자 나로 이루어진 타자라는 사실을 깨닫게 된다. 따라서 모든 영혼이 서로 보듬고 안아야 할 존재인 것이다.

> 상상을 초월하는 우리 은하 속 수천억 개의
> 별 중의 하나인 태양
> 그 태양계 내 행성 중 하나인 조그만 지구
> 그 지구 속 작은 나라 대한민국
> 끄트머리 바닷가 어느 도시
> 복작거리는 도시 한 귀퉁이 작은 아파트
> 꼭대기 위에 얹힌 좁은 방
> 벽을 기대고 무릎에 책을 얹은 나,
> 우주가 한없이 축소되어
> 내 안으로 들어왔다
>
> ─「우주가 한없이 축소되어」

마치 현미경으로 이 우주를 들여다보듯, 우주로부터 책

을 읽고 있는 시인에게 점점 클로즈업되는 광경을 위 시를 통해 상상할 수 있다. 시인은 "우주가 한없이 축소되어/ 내 안으로 들어왔다"고 했다. 우주를 발견하면서, 우주를 상상하고, 우주를 끝없이 생각하면 자신은 그야말로 티끌만치도 되지 않는 존재라는 사실을 발견하곤 몸서리치게 마련이다. 너무나 작은 존재가 바로 인간이다. 이런 자각은 일상에서는 느끼기 힘들다. 우리는 하루하루 사람들과 만나면서 부대끼고 살아간다. 작은 일에도 폭풍우 같은 감정의 소용돌이를 경험한다. 이런 일이 다반사로 벌어지면서 인간이라는 옹졸한 존재가 지니는 가치를 스스로 무너뜨리는 일에 선봉을 서는 경우가 흔하다.

하지만 저녁이 오고 밤이 되면서부터 이른바 '반성'이라는 의식의 과정을 거친다. 인간만이 반성을 할 수 있는 존재다. 가만히 자신을 들여다보면서, 자신과 자신을 둘러싼 환경 및 세계를 다시금 되씹는다. 그러면 한 사람의 가벼운 존재성은 다만 스스로 그렇게 규정했을 뿐, 위대하고 무한한 우주가 축소된 거룩한 존재라는 사실까지 알게 되기도 하는 것이다. 이것이 사유의 과정에서 닿는 결론이다. 나 자신이 우주와 한없이 연결되고, 이러한 연결성은 스스로 누추하거나 작고 보잘것없는 존재가 아니라 언제라도 우주의 일원으로서 참여하는 신성한 존재라는 믿음에 이른다. 우주가 축소되어 자신 속으로 들어오는 느낌은 일종의 종교적 체험이나 각성과는 또 다른 생각의 범주이기도 하다. 나와 우주에 대한 궁리를 거듭한 끝에 다다르게 되는 각성이다. 이러한 깨달음에서 비로소 인간은 우주와 일체

감을 느끼게 되고, 이러한 물아일체의 감정에서 생명의 신
비에서 비롯하는 인간 존재의 의미를 엿볼 수 있게 되는 것
이다.

지구가 우주의 중심이 아니라 태양 주위를 도는

행성이라는 것을 알게 된 지는 아직

500년도 되지 않았다는데,

지구가 태양계의 중심이 아니라면 우리 인간도

세상의 중심이라고 볼 이유도 없다네요

태양 안에는 지구가 100만 개쯤 들어갈 수 있고

태양의 반지름은 지구에서 달까지의 거리보다 긴데

그렇게 커다란 태양조차 우주에선 특별한 존재가 아니고

밤하늘에 모든 별이 실은 하나하나의 태양인데

우리 은하에는 태양과 같은 별이

1천억 개 이상 있다네요

하지만 우리 은하가 우주의 전부가 아니고

우리 은하밖에 또 다른 은하가

1천억 개는 더 있다는데요

우린 어마어마한 우주 속에 살고 있습니다

1천억 개가 넘는 은하 속에 평범한 우리 은하

그 속에 1천억 개가 넘는 별 중 하나인 태양

태양계를 돌고 있는 작은 행성에 붙어서

태양을 따라가고 있는 우리는 얼마나 작고

보잘것없는 존재입니까,

138억 년 전 빅뱅이라는 이름으로 우주는 생겨나

끝없이 팽창하고 있다는데

태양 따라 돌고 있는 지구라는 행성 위에 서서

조그맣게 밤하늘 별을 바라보고 있는 우리는,

대 우주의 톱니바퀴 끝에 매달려 찰나의 삶을 사는

우리는 어디서 온 누구입니까,

– 「우리는」

"태양 따라 돌고 있는 지구라는 행성 위에 서서/ 조그맣게 밤하늘 별을 바라보고 있는 우리는,/ 대 우주의 톱니바퀴 끝에 매달려 찰나의 삶을 사는/ 우리는 어디서 온 누구입니까"라 시인은 물었다. 우주에서 지구가 차지하는 비중이 하찮으리만큼 적은 사실에서, 그 지구라는 행성에서 별을 바라보면서 찰나의 삶을 살아가고 있는 우리 존재에 대한 물음은 해답 없는 메아리처럼 공허하게 들린다. 시인은 우주에 대한 사유와 상상의 끝까지 닿으려는 중에 펼쳐진 무한한 물음과 궁금증을 도저히 어찌할 수 없었을 것이다. 실존에 대한 물음 이전에 이 땅 위에서 숨 쉬며 찰나조차 못 되는 시간을 지나며 사라지는 인간이 도대체 어떤 의미가 있는지 스스로 묻는다. 이런 생각은 결론이나 해답이 유예될 수밖에 없다. 하지만 결론이 나지 않는다고 해서 그런 물음을 멈출 수는 없다. 아니, 인간이라면 누구나 그런 생각이 들 것이다. 이 작은 별에서 먼지처럼 붙어서 연명하는 인간에게 우주는 어떤 의미가 있는지 궁금하지 않은 사람은 없다. 우리가 누구냐는 물음은 실존적이고 존재론적인 물음이기 이전에 생명의 의미를 찾고자 하는 본질적인 의심에 해당한다.

　우주를 상상하며, 우주를 살고, 우주를 생각하며 하루하루를 살아가는 시인에게 현실은 사소한 것 같지만 결코 사소하거나 의미가 없지 않은 소중한 시 · 공간으로 다가온다. 범접할 수 없는 시 · 공간의 너비를 지닌 우주라고 해서 우리 인간과 인간이 살아가고 있는 이 세계의 보잘 것 없음을 비웃지 않는다. 그러니까 우주와 상대적인 비교에서 비롯되는 인간 삶의 왜소함이라고 해서 우리 삶이 사소하다는 의미로 귀결되는 것은 아니다. 큰 것은 그 자체로 숭고하고 장엄하다. 작다고 해서 초라하거나 가벼운 것은 아니다. 시인은 상상을 초월하는 우주와 수많은 은하, 그리고 별을 보고 상상하며 인간의 삶에 주어진 참된 의미를 발견하려 한다. 지구에 발 딛고 살아가는 인간이 겪는 수많은 사연과 사건, 그리고 인간이 인간답게 살아가기 위해 필요한 배경이 되어 주는 자연의 소중함을 발견한다.

　　옥상을 돌고 있는데 해가 금방 넘어갔다 새벽 창가에 나가니 하늘이 너무 맑아 스무엿새 하현달이 동쪽 하늘에 떠 있고 그 곁에 작은 별 두 개, 조금 건너 눈부시게 반짝이는 별 하나가 눈에 들어왔다 다시 보니 별들이 열 몇 개 쯤 떠 있다
　　청명한 가을 하늘로 돌아왔다 눈부시게 빛나는 별은 금성이다 달 옆에 별들은 카스트로, 플록스다 빛나는 별들에 환희가 일어났다 나의 새벽과 빛나는 의식들, 너무 친근하여 반해버린 별빛이 초가을 하늘을 수놓고 있다

그대 여름은 가혹했으니 폭우로, 폭염으로 가두고, 지
구촌은 산불로, 홍수로 숨 막히는 두어 달이었다 지구적
재앙, 이 여름 세상 떠난 모든 영혼에게 고개 숙인다

가을은 저 들녘에 웃자라버린 늙은 풀들에게 조용히 흔
들리며 시드는 휴식을 가져다 준다 넘어가는 눈부신 햇빛
에 핸드폰 카메라를 조준했는데, 그새 해는 산 너머 사라
지고 붉은 구름 들만 길게 남아있다

– 「가을」

우주의 삼라만상 가운데 계절을 만들어내는 조화 속에
인간은 살아간다. 시인은 맑은 가을 하늘에 떠 있는 별들
과 눈부신 태양이 내리비치는 한복판에서 가을이 선사하는
아름다운 풍경을 만끽한다. "그새 해는 산 너머 사라지고
붉은 구름들만 길게 남아있"는 풍경을 떠올리면, 시시각각
다른 면모를 보여주는 계절마다 남기는 애틋함과 풍요로움
을 무엇이라 설명할 수 있을까. 지구 한 귀퉁이에서 우주
적인 변화와 파노라마 같은 자연의 표정을 느낄 수 있다는
사실 자체가 어찌 보면 행복일 수도 있다. 생각할수록 인
간의 삶과 터전은 신비롭다는 점을 시인은 알고 있을 것이
다. 우주는 생명을 낳고, 이 생명으로 하여금 인간은 우주
가 주는 풍요로운 세계를 맘껏 상상할 수 있다. 인간은 우
주의 먼지이지만, 먼지보다도 작은 인간의 머리로 짐작하
는 거대한 상상력은 생명의 신비와 숭고함을 자아낸다. 하
루하루 똑 같은 듯 변화무쌍한 세계 속에 우리는 경이로움
과 함께 영영 풀 길 없는 존재의 뿌리를 생각한다. 인간이

사회를 꾸려 역사를 만들고 나가는 과정은 우주 전체의 시간에서 볼 때는 미약한 흉터에 지나지 않을 것이다. 혹은 생채기일 수도 있다. 그런 인간의 역사 속에서도 진실된 것과 소중한 것은 사라지지 않고 우리 곁에 남아 있다. 날마다 뜨는 태양과, 하늘과 바람과 구름과 별, 그리고 영혼과 마음이 어우러지면서 조화를 이루는 이 세계를 둘러보면 소중하지 않은 것들이 하나도 없겠다는 생각이 드는 것이다. 그렇지만 아직까지도 인간의 욕망과 허영이 만들어내는 온갖 전쟁과 재앙을 어떻게 해야 할까. 우주와 하나라는 자각이 없이 인간이 이 세계의 중심이요, 가장 소중한 생명체라고 여길 때 찾아오는 욕망의 껍질을 작정하고 벗겨내야만 한다. 인간사회는 단지 인간의 소중함을 인정하고 더욱 행복하고 평화로운 공동체로 나아가기 위한 형식적인 틀일 뿐이다. 시각과 사고의 확대와 깊이야말로 인간이 처한 조건에서 어떤 방향으로 나아가야 하는지 일깨우는 전제가 된다.

모든 존재는 별에서 태어났다고 했다 어떤 천문학자는 땅을 보지 말고 고개를 들어 하늘을 보라고 했다 유전자 정보를 담은 DNA의 이중 나선 사슬과 수천억 개에 달하는 뇌의 신경세포가 만들어지기 위해 수소와 헬륨보다 더 복합적인 요소가…. 우주가 만들어 낸 거대한 별이 폭발한 초신성 이후, 우리는 어떤 요소들을 끌어모아 완벽한 하나의 시스템을 만들어 냈을까, 그 시스템 속에 고유한 꽃술처럼 탄생한 하나하나의 영혼들, 나와 무한 시공의

별이 연결되는 무한 사색의 광장은 밤마다 빛과 어둠이
만들어 내는 기막힌 조화 속에 모든 존재를 하나로 만들
어버린다

　너와 나의 존재의 근원은 하나라는 어떤 말씀 속에 왜
그들은 또 무기를 만들어 서로 싸우고 있는 것일까, 46억
년 전에 태어난 태양의 신비 안에 짧디짧은 시간밖에 갖
지 못한 자의 넘치는 욕망 때문일까,

　우리는 하루에 한 번씩 신비의 시간 앞에 선다 먼 영원
을 사색해 볼 수 있는 어둠의 시간이다 낮은 영혼의 꽃들
이 자라고 서로를 비춰보며 황홀해지지만 밤은 행성과 별
과 은하가 흘러가는 시간이다 그들의 근원을 캘 수 있는
은혜의 시간이다 무한히 작은 너의 눈빛이 먼 우주를 향
해 거대한 직물을 짠다 너는 수천만 광년의 그 빛들과 연
결되어 있고 고독한 하나의 존재가 아니다 우리는 별에서
태어나 별빛을 바라보며 별을 향해 걸어간다

ー「별빛을 바라보며」


　존재와 별의 방정식을 시인은 말한다. "우리는 하루에 한
번씩 신비의 시간 앞에 선다. 먼 영원을 사색해 볼 수 있는
어둠의 시간이다 낮은 영혼의 꽃들이 자라고 서로를 비춰
보며 황홀해지지만 밤은 행성과 별과 은하가 흘러가는 시
간이"라고 나지막하게 읊조리는 시인의 목소리를 듣는다.
밤이 전해주는 이야기에 귀를 기울일 때, 그 침묵의 운행
을 바라보면서 귀와 온몸과 마음을 열 때 이 우주가 펼치
는 장엄한 행렬에 우리는 동참할 수가 있다. "너는 수천만

광년의 그 빛들과 연결되어 있고 고독한 하나의 존재가 아니다 우리는 별에서 태어나 별빛을 바라보며 별을 향해 걸어간다"는 인식 또한 그런 밤을 맞이하는 침묵에서 비롯되었을 것이다. 마음에 달라붙은 욕망의 찌꺼기를 말끔히 씻어내고 맞이하는 우주의 장관은 우리를 보잘 것 없는 사소한 존재로 만들어버린다. 하지만 신비한 우주의 한복판을 상상하면서 우리가 별에서 온 나그네라는 사실을 잊지 않는다면, 우리 인간도 별의 일부요 우주를 구성하는 한 요소라는 생각에 미치게 된다. 김선희 시집은 우주에 빼곡이 박혀 있는 별들의 움직임과 별빛의 눈부신 산란 앞에 마주선 인간의 겸손과 침묵을 노래한다. 이 속에서 인간은 자신의 상상력과 재능을 마음껏 뽐낼 수가 있다. 엄청난 대폭발에서 비롯되었든, 아니면 조물주란 게 있어서 이 우주를 만들었든 관계없이 지금 우리를 한껏 둘러싸고 우리에게 빛을 주고 있는 우주의 품에 안겨 있는 존재가 우리이다. 이런 사실을 떠올리면 낮고 작은 존재에게 바치는 순정한 행복의 노래를 들을 수 있다. 그리고 인간의 입으로 만든 귀중하고 아름다운 노랫소리인 시를 통해 우리 자신과 세계와 우주의 장엄함과 숭고함, 그리고 아름다움을 경배할 수가 있는 것이다. 김선희의 이번 시집은 그런 아름답고 조화로운 화음이 울려 퍼지는 공간이다.

# 작가마을 시인선

120